KB093078

김홍도, 조선을 그리다

(주)푸른책들은 도서 판매 수익금의 일부를 초록우산 어린이재단에 기부하여
어린이들을 위한 사랑 나눔에 동참합니다.

푸른도서관 31

김홍도, 조선을 그리다

초판 1쇄 / 2009년 6월 25일
초판 4쇄 / 2013년 3월 10일

지은이/ 박지숙
펴낸이/ 신형건
펴낸곳/ (주)푸른책들
등록/ 제321-2008-00155호
주소/ 서울특별시 서초구 양재천로7길 16 푸르니빌딩(양재동 115-6) (우)137-891
전화/ 02-581-0334~5 팩스/ 02-582-0648
이메일/prooni@prooni.com 홈페이지/www.prooni.com

글 ⓒ 박지숙, 2009

ISBN 978-89-5798-175-7 03810

이 도서의 국립중앙도서관 출판시도서목록(CIP)은 e-CIP홈페이지(http://www.nl.go.kr/ecip)와
국가자료공동목록시스템(http://www.nl.go.kr/kolisnet)에서 이용하실 수 있습니다.
(CIP제어번호 : CIP2009001430)

김홍도,
조선을 그리다

박지숙 지음

표지화 · 김홍도 作 〈무동(舞童)〉

푸른책들

차례

김홍도, 무동을 그리다

광대 아이

잔칫집 마당은 음식 지지는 냄새며 사람들의 웃음으로 풍성했다. 광대패들이 연주하는 삼현육각의 굿거리장단은 드높은 늦가을 하늘로 신명나게 울려 퍼졌다. 음식을 나르는 하인들도, 기름진 고기와 잘 익은 술을 먹고 마시는 손님들도 흥겹기만 한 잔치였다.

만석지기 유 부자는 마냥 싱글거렸다. 양반들과 어울려 환갑을 맞이하다니. 한없이 기뻐 눈물이 날 지경이었다. 얼큰히 취한 그는 마당 한가운데서 춤추는 무동들을 따라 덩실덩실 어깨춤을 추었다.

"소문대로 천재입니다그려!"

하인에게서 홍도의 그림을 건네받은 유 부자는 입을 쩍 벌렸다. 열한 살짜리 아이가 그림을 그리면 얼마나 그릴까 못 미더워했는데, 사뭇 강세황을 믿지 못한 자신이 부끄러웠다. 조상들 덕에 양반이 된 유 부자는 이름 있는 양반들과 틈나는 대로 어울렸다. 그리고 그것을 속화로 남기곤 했다. 이번 환갑 잔치의 그림은 강세황에게 부탁했었다. 시서화(詩書畵)에 뛰어나 삼절(三絶)이라 불리는 강세황의 그림을 유 부자는 꼭 갖고 싶었다. 그런데 강세황은 어린 홍도를 추천하는 것이 아닌가. 유 부자는 내심 강세황이 자신을 무시하나 싶어 언짢았던 차였다.

"첨성촌 나리께서 먼저 보시지요."

강세황은 맞은편에 앉은 이익 선생에게 그림을 주었다.

이제껏 얌전히 서 있던 홍도가 주먹을 꼬옥 쥐었다. 땀이 났다. 학식과 인격이 높은 이익 선생을 뵐 때면 항상 몸가짐이 여며지곤 했다. 언뜻 보면 가난한 할아버지에 지나지 않지만, 선생의 눈빛이나 말씨는 언제나 잔잔하고 기품이 넘쳤다.

"그림이 갈수록 신기를 더하는구나!"

이익 선생이 따스한 눈길로 홍도를 바라보았다. 홍도의 가슴이 콩닥거렸다. 이익 선생의 칭찬을 듣다니! 하늘을 붕붕 떠다니는 느낌이었다.

"우리 집안의 보물이 하나 더 늘었습니다, 허허허."

유 부자도 흡족한 모양이었다.

홍도는 스승인 강세황을 보았다. 스승도 흐뭇한 기색이다.

홍도는 뒤뜰로 나왔다. 긴장이 풀린 데다 모처럼 기름진 음식을 배꼽이 뒤집힐 정도로 먹어 댔더니 몸이 축 늘어졌다. 돌담 옆에 수백 년 됨직한 오동나무가 서 있었다. 그 아래에는 널찍한 평상이 있고, 마당에서 춤추던 광대 아이가 쉬고 있었다. 홍도는 잠깐 눈이나 붙이려고 나무 아래로 향했다. 음식을 만들던 아주머니들이 홍도가 지나가자 신동 화가라며 수군거렸다. 홍도는 우쭐해졌다. 얼굴에 미소가 돌고, 일부러 그러는 것도 아닌데 걸음걸이가 의젓해졌다.

"겉만 번지르르한 껍데기! 그 따위를 그림이라고 으스대기는."

평상에서 일어선 광대 아이가 홍도의 어깨를 툭 치며 지나갔다.

홍도는 주춤하며 섰다. 잘못 들은 것은 아닌가 싶어 뒤돌아보았다. 그 아이가 싸늘한 미소를 던지고 있었다. 눈빛에는 가소롭다는 비아냥거림이 가득했다. 홍도는 순간, 머릿속이 텅 비며 어지러웠다. 이런 모욕은 처음이었다. 이럴 때는 어떻게 해야 하지? 홍도가 생각을 모을 틈도 없이 광대 아이는 사라졌다. 그리고 삼현육각이 다시 울렸다. 돌담을 넘어온 해금 소리가 깨앵깽 요란스레 오동나무 빈 가지에 맴돌았다. 마치 홍도를 비웃는 듯.

헌 그림, 새 그림

쪽마루에서 먹을 갈던 홍도는 갈색으로 바래는 산빛을 멍하니 바라보았다. 화가 치밀어 머리가 지끈거렸다. 왜 그 아이를 불러 따지지 못했을까. 일개 광대 녀석이 그림에 대해 무엇을 안다고 지껄인담. 저잣거리에서 풍물놀이를 며칠 더 벌일 모양이던데, 쫓아가서 혼쭐내 줄까? 별 생각이 다 들고 몸에서는 힘이 쪽 빠졌다. 아무것도 할 수 없었다. 벌써 이틀째 그림도 그리지 못했고 글씨 연습도 하지 않았다. 시를 짓는 것도, 막 재미 붙인 대금 연주도 시들했다.

천재라는 자부심이 있었다. 놀고 먹으며 그림을 그린 것이 아니었으므로 사람들의 칭송을 당연한 것으로 받아들였다. 시서화에, 대금과 거문고도 배우며 얼마나 열중했는지 모른다. 도화서(조선 시대 때 그림에 관한 일을 맡아 보던 관청)의 화원이 되어 임금님의 어진(임금의 얼굴을 그린 그림이나 사진)을 그리겠다는 꿈으로 모든 고통을 묵묵히 이겨 냈다. 그런데 그 노력들을 비웃다니! 혼내 주고 말리라. 하지만 왠지 의기소침해졌다.

'뭘까, 그 아이가 그토록 당당한 이유는? 나를 무시할 정도

의 자신만만함은 어디서 나오는 것일까?'

"홍도야, 무슨 걱정거리가 있느냐?"

스승이 불러 홍도의 안색을 살폈다.

홍도는 광대 아이에게 모욕을 당했다는 말을 차마 할 수 없었다.

"제 그림이……, 뭔가 허전해서요."

홍도는 당황해하며 얼버무렸다.

스승은 평소처럼 장난기 어린 웃음을 지었다. 자신의 끓는 속도 모르는 스승. 야속했다! 시무룩해진 홍도는 고개를 숙였다. 빈말을 내뱉고 보니, 정말 자신의 그림이 뭔가 부족한 듯했다. 그러자 어이없게, 전혀 뜻하지 않았는데도 한 줄기 눈물이 주르르 마룻바닥에 떨어졌다.

"홍도야, 이젠 네 그림을 그려라."

홍도의 가슴이 철벅철벅 뛰었다. 마치 물 밖으로 잡혀 나온 붕어가 땅바닥에서 펄떡거리듯이. 가슴이 막혔다. 지난 4년 동안 그렇게 연습하고 연습했는데……. 그게 다 쓸모없는 낙서였단 말인가.

"그게 무슨 말씀이세요? 그렇다면 이제껏 저는 제 그림을 그리지 않았다는 건가요?"

"그 답은 네가 찾으렴."

스승이 홍도의 어깨를 토닥였다. 스승의 눈은 맑고 깊었다.

하지만 스승의 말은 위로가 되지 않았다. 홍도는 쓰러질 것만 같아 기둥에 몸을 기대었다.

싸늘한 바람이 상쾌한 오후였다.

홍도는 우물가에서 붓을 빨았다. 우물물이 제법 차가워 손끝이 따가웠다. 그 때 사립문을 밀고 한 아이가 들어왔다. 광대 아이였다.

'저 아이가?'

홍도는 엉거주춤 일어나다 붓을 떨어뜨렸다. 아이가 씨익 웃으며 다가와 붓을 집어 주었다.

"나리 계시냐?"

천민인 주제에 감히 중인에게 반말을 하다니. 홍도가 눈을 부라렸다.

"오수(낮잠)를 즐기시는데, 무슨 일이냐? 용건이 있으면 내게 말해라."

"그래? 그럼 토방에 앉아서 기다리지 뭐. 난 껍데기는 필요 없거든."

"아니, 이 녀석이!"

홍도가 아이의 팔목을 잡아끄는데, 사랑문이 열렸다.

"누군데 나를 찾느냐?"

"저는 광대패의 무동 들뫼입니다. 나리께 그림을 보여 드리고 싶어서 찾아왔습니다."

"그림이라고?"

스승과 홍도가 동시에 들뫼를 보았다.

방으로 들뫼를 들인 스승은 혀를 찼다. 그리고 그림을 홍도에게 건네 주었다.

"네 누이가 그렸다고?"

"예. 나리의 가르침을 꼭 받고 싶어합니다. 그런데 몸이 좋지 않아서……."

스승과 들뫼는 순님이라는 아이와 그림에 대해 이야기를 나누었다.

그러나 홍도의 귀에는 더 이상 그들의 대화가 들리지 않았다. 홍도의 입이 바싹 말랐다. 외줄 타는 광대, 구경꾼들 사이에서 쌍검을 휘두르는 광대, 꼭두각시놀음을 하는 광대와 주막 풍경이 그려진 그림들이었다. 그 그림들은 기본적인 틀이나 규격은 갖추어져 있지 않았다. 하지만 금방이라도 풍물 가락이 흐르고 재담이 술술 풀려 나오고 왁자지껄한 웃음이 쏟아질 것만 같았다. 꿈틀꿈틀 이야기가 살아 있었다.

홍도는 얼굴을 붉혔다. 들뫼가 그렇게 자신을 무시했던 이유를 알 것 같았다. 자신의 그림이 흔하디 흔한 헌 그림이라면 순님이의 그림은 이제 막 태어난 새로운 그림이었다.

'천민들을 그림으로 그리다니!'

풀과 벌레, 새나 동물, 사군자, 양반들의 풍류와 풍속, 그리고 선현들의 지혜나 행실, 더 나아가 궁궐의 행사나 임금님을 그리는 것이 홍도가 익히 알고 있는 그림이었다. 어떻게 이런 그림을 그릴 수 있었을까? 그림본에도 없는 이런 것들이 진짜 그림으로 대접받을 수 있을까? 순님이는 어떤 아이일까? 홍도는 순님이를 만나 보고 싶었다. 스승은 이런 홍도의 마음을 헤아렸는지, 얼굴을 살펴보고는 아무 말도 묻지 않았다.

들뫼가 돌아가자, 스승이 홍도를 불렀다.

"홍도야, 오늘 밤부터 저잣거리에 가서 광대패의 풍물을 눈여겨 보아라. 그리고 이 그림을 그렸다는 순님이를 거들어 주고. 서로 도움이 될 게다."

놀이마당 한 귀퉁이

어둠이 화선지에 번지는 먹물처럼 저잣거리에 스며들 즈음, 홍도는 놀이마당으로 갔다.

광대들은 횃불을 밝히고, 구경꾼들을 모아들이려 풍물을 서두르고 있었다. 땅재주를 부리는 광대, 북과 장구를 치며 박자를 맞추는 악사들, 접시 돌리는 재주꾼, 탈춤을 더덩실 추는 탈꾼들로 놀이판은 어수선했다.

홍도는 들쇠를 찾으려고 여기저기 기웃거렸다.

한적한 움막 옆을 지날 때였다. 여자아이의 신음 소리가 들렸다. 홍도가 그 곳으로 다가가는데, 수염이 텁수룩한 사내가 안으로 성큼 들어갔다. 벌어진 틈 사이로 움막 안이 훤히 들여다 보였다. 사내가 땅에 쭈그리고 앉은 아이를 발로 걷어찼다.

"바빠 죽겠는데 뭐하고 있냐, 이놈아!"

비명을 지르며 아이가 나뒹굴었다.

"오라비를 용서하세요. 저 때문에 나가지 못했습니다."

굴러 넘어진 아이를 여자아이가 몸으로 막으며 사내에게 빌었다.

"얼른 나와. 쫓겨나지 않으려면 밥값을 해야지!"

사내는 아이들을 다그치고 돌아섰다. 그리고 홍도와 눈이 마주치자 흠흠, 목을 가다듬고 움막을 나왔다.

여자아이의 부축을 받으며 아이가 일어나 밖으로 나왔다. 들쇠였다.

"순님아, 빨리 갔다 올게."

들뫼는 몸에 묻은 지푸라기를 털며 홍도 옆을 지나갔다. 쭈 뼛거리는 홍도는 거들떠보지도 않고.

"홍도 오빠지? 들뫼 오빠가 말하던 것보다 훨씬 더 멋지네!"

순님이가 어쩔 줄 모르고 서 있는 홍도에게 반가이 인사했다.

"많이 아픈가 보구나!"

홍도는 순님이에게 스승이 준 문방사우를 건넸다.

"오빠가 이렇게 올 줄은 몰랐어. 게다가 선생님의 선물까지 갖다 주다니!"

순님이는 붓이며 벼루를 애지중지 쓰다듬었다.

"스승님께서 한번 찾아오래."

"정말? 나는 천한 그림이라고 내치실 줄 알았는데……."

"내치긴. 스승님은 그런 분이 아니야. 네 그림을 보고 얼마 나 감탄하셨는지 몰라. 정말 잘 그렸더라."

홍도는 진심으로 순님이의 그림을 칭찬했다.

"어디가 아픈 거야? 이렇게 추운 곳에서 지내도 돼? 약은 먹 는 거니?"

홍도는 파리한 순님이가 안쓰러웠다.

순님이 손에 이끌려 어느새 움막 안으로 들어간 홍도는 찬 찬히 움막 안을 훑어보았다.

거적으로 둘러친 움막은 썰렁했고, 순님이는 얇은 무명 치마저고리 차림에 맨발이었다. 옷이 얼마나 닳았는지 잡아당기면 북 찢어질 것 같았다. 뼈만 앙상하게 남은 몸은 옆으로 쓰러질 듯 기운 없어 보였다.

저런 몸으로 그림을 그리다니! 홍도는 가난과 병마가 몸에 밴 순님이를 꼬옥 안아 주고 싶었다. 어떻게 도와 줄 수 없을까. 이럴 때 우리 집이 부자라면 얼마나 좋을까. 한 번도 가난을 괴롭게 생각한 적은 없었는데, 홍도는 처음으로 가난이 가슴 저렸다.

"그래도 그림을 그리면 힘이 나."

나뭇가지로 땅만 후벼 파는 홍도를 순님이가 오히려 위로했다. 잔잔한 피리 소리 같은 목소리였다. 홍도는 스승에게서 배운 그림을 순님이에게 가르쳐 주었다. 순님이가 멋진 그림을 그릴 수 있도록 한 가지라도 더 알려 주고 싶어 놀이판의 풍물은 볼 생각도 안 했다.

늦은 밤이 되어서야 들뫼는 돌아왔다. 땀에 흠뻑 젖어 있었다.

"안 아팠니?"

움막으로 들어온 들뫼는 순님이의 이마를 짚었다.

순님이가 잠들자, 홍도는 움막을 나왔다. 사방은 어둠으로 가득했다. 그 가운데서 놀이마당만 밝게 횃불이 타고 웅성거리는 사람들로 소란스러웠다.

"매 맞는다고 불쌍하게 생각하지 마라."

배웅 나온 들뫼가 둘 사이의 정적을 깨뜨렸다.

"삐딱하게 말해야 속이 시원하니?"

"……순님이를 잘 도와 줘."

"어쩐 일이야, 네가?"

"순님이가 원하니까. 젠장! 떠돌이 약장수가 의원에게 빨리 데려가라는데, 의원은커녕 약 한 첩 못 쓰고 있다."

퉤, 들뫼가 침을 허공에 뱉었다.

'불쌍한 녀석! 삐딱한 네 행동을 조금은 이해할 것도 같다.'

홍도는 얼굴을 돌렸다. 눈이라도 마주치면 들뫼는 대번에 화를 낼 것이다. 놀이마당의 한 귀퉁이 어둠 속에서 움막은 순님이처럼 옹그리고 있었다.

음모

다음 날 점심 무렵, 홍도가 저잣거리에서 종이를 사 가지고 돌아오는 길이었다.

한 무리의 광대가 골목으로 잽싸게 들어갔다. 홍도는 들뫼가 있나 싶어 그들을 쫓아갔다. 막 모퉁이를 돌던 홍도는 담에 몸을 숨겼다.

"안 하겠다고? 더 맞을래?"

광대패들의 으름장이었다.

"난 도둑이 아니에요."

들뫼의 목소리였다. 홍도의 머리카락이 가시처럼 치솟았다.

"너, 잔칫날 봤잖아. 선물로 들어오는 그 많은 인삼이며 비단, 도자기들을. 만석지기라는데 광에서는 곡식이 썩어날 거다."

유 부잣집을 털려는 음모였다. 들뫼는 패거리로부터 협박을 당하고 있었다.

"유 부자도 알고 보면 도둑이야. 그 할애비가 역관이었다는데, 청나라 상인들과 밀무역하여 떼돈을 번 거래. 나라에서 말리는 짓거리를 한 거라구."

"그뿐인감. 유 부자의 애비는 공명첩(돈이나 곡식을 바치는 사람에게 즉석에서 주는 관직 임명장)으로 양반을 산 거라던디. 그러니께 우리가 가져와도 찍 소리 못 혀!"

"유 부자가 도둑이든 가짜 양반이든 나하고 상관 없잖아요!"

"어라, 이 자식이!"

사내의 째진 목소리가 떨어지자마자, 들뫼의 비명이 터졌다.

홍도는 발을 동동거렸다. 뛰어나가 광대들에게 덤벼야 할까. 사람들을 불러서 광대패들을 쫓아낼까. 에라, 모르겠다! 주먹을 불끈 쥐고 뛰어나가려는 순간, 말뚝벙거지를 쓴 사내가 거칠게 욕설을 퍼부었다.

"이것이 양반의 새끼라고 뻐기네!"

"너희 할아버지가 나랏님께 죄 짓고 벌 받았으면 그 때부턴 너도 우리와 똑같은겨. 천한 것이 됐으면 오만한 마음도 버렸어야제. 안 그려?"

구레나룻 사내가 들뫼의 뺨을 쳤다. 들뫼는 사내를 노려보았다. 충혈된 눈이 분노로 더욱 붉게 지글거렸다.

'양반이었구나!'

홍도의 쥐었던 주먹이 풀렸다.

"너, 순님이 죽일 거냐? 약 한 첩 못 쓰고 억울하지도 않아?"

삐삐 마른 사내가 키득거리며 들뫼의 턱을 들어 올렸다. 들뫼가 눈을 감았다.

"……할게요."

"진작에 그럴 것이지. 너는 망만 보면 돼. 별거 없어!"

"그런디 말여, 꼭두쇠(남사당패의 우두머리)에게 일러바치는 것은 아니겠제? 고런 생각은 말어. 순님이가 쥐도 새도 모르게 다칠 것이여!"

"그런 짓 안 해요."

들뫼의 어깨를 툭툭 친 패거리들은 땅바닥에 무언가를 그리며 수군거렸다.

홍도는 몸이 덜덜 떨렸다. 소름이 돋고 머리가 빙빙 돌았다. 어쩔 수 없이 도둑질을 해야 하는 들뫼의 처지가 슬프고 분했다.

'꼭두쇠! 그를 찾아갈까. 그래서 패거리들의 음모를 알려 줄까. 그러면 들뫼와 순남이는 어떻게 될까.'

떠돌이 광대패들은 엄격한 규율 아래 조직을 이루고 있었다. 먼 여행길을 나다니고 그들의 재능을 사람들에게 팔려면 어쩔 수 없었다. 그래서 우두머리인 꼭두쇠의 명령에 무조건 따라야 했다. 그 명령이 마음에 들지 않아도 반항이란 있을 수 없었다. 만약 명령에 따르지 않으면 죽임을 당하든지 광대패에서 쫓겨나야 했는데, 쫓겨나는 것은 곧바로 굶어 죽는 것을 의미했다. 그만큼 천민들의 삶은 가난하고 고달팠다.

"오늘 밤에 유 부자네를 살펴보고 내일 일을 치르자."

의기투합한 광대들은 들뫼를 앞세우고 사라졌다.

홍도는 스승의 집에 어떻게 돌아왔는지도 모를 지경이었다.

마음이 착잡했다. 맥없이 앉아 있으니 더욱 답답했다. 홍도는 순남이를 그렸다. 파리한 순남이의 얼굴에 복사꽃을 물들였다. 발그스름하니 한결 건강해 보였다. 그 옆에 들뫼를 그렸다.

'양반의 핏줄이었어. 그러니 천한 신분이 되었어도 그렇게

당차고 거만했던 거야.'

홍도는 얄미운 들뫼의 얼굴에 짓궂은 복수를 하고 싶었다. 하지만 이내 그 마음을 털어 내었다. 그런 것에 신경 쓸 상황이 아니었다.

"껍데기 있니?"

들뫼였다. 그 옆엔 순님이가 방긋이 웃으며 들어왔다.

홍도는 얼빠진 듯 서 있었다. 아무런 일도 없는 듯한 들뫼를 보자 저잣거리의 골목에서 있었던 일은 자신이 꾸며 낸 상상 같기도 했다. 하지만 그것은 분명 있었던 일이 아닌가.

홍도는 순님이와 들뫼를 마루에 앉혔다.

"순님이를 그렸는데, 볼래?"

홍도는 들뫼의 눈을 피했다.

"오빠 그림을 갖고 싶었는데, 고마워!"

순님이는 그림의 얼굴을 쓰다듬었다. 그런 순님이를 보며 들뫼도 기쁜 모양이었다. 내색은 손톱만큼도 안 했지만.

"네가 순님이구나!"

이익 선생을 찾아뵙고 돌아오던 스승이 대문을 들어서며 소리쳤다.

양반인 스승은 항상 정이 많고 사람을 대하는 데 차별을 두지 않았다. 만약 스승인 강세황이 신분으로 사람을 차별했다면, 중인인 홍도는 가르침을 받을 수 없었을 것이다. 그리고 지금 천하디 천한 광대 아이를 이처럼 반기지 않을 것이다. 홍도는 오늘따라 스승이 더욱더 자랑스럽고 고마웠다.

그림에 대해 이야기하던 스승과 순님이는 화선지를 펴고 붓을 들었다. 스승은 새로운 제자에게 그림 그리는 법을 정성으로 가르쳤고, 제자를 사랑하는 최고의 표현으로 함께 그림을 그렸다. 스승은 시를 쓰고 순님이는 대나무를 그리기로 했다. 순님이가 대를 그리겠다고 해서 스승과 홍도는 놀랐다. 그도 그럴 것이 대나무 그림은 양반들이 제일로 치는데, 그것의 품격을 나타내기에는 단순하고 절도 있는 솜씨가 필요했고, 많은 연습을 해야 했던 것이다. 홍도와 들뫼는 방해하지 않으려고 방을 나왔다.

들뫼와 단둘이 있게 된 홍도는 서먹하여 손바닥만 비볐다. 무슨 말을 꺼내야 할지 몰랐다. 양반이었다는 것과 도둑질하려는 계획을 안다는 것이 거북스러웠다.

"더러운 돈으로 순님이의 약을 사려는 건 아니겠지?"

자신도 모르게 홍도는 툭 내뱉었다.

깜짝 놀란 들뫼가 벌떡 일어났다. 그리고 주먹을 부르르 떨었다.

"난 뭐든지 할 거야. 보고만 있진 않을 거라구!"

들뫼가 사립문을 세게 밀치고 사라졌다. 순식간이었다.

홍도와 순님이는 나란히 걸었다.

낙엽이 핑그르르 하늘로 날아갔다. 홍시를 짓이겨 놓은 듯한 노을이 길게 펼쳐져 있었다. 광대 패거리를 노려보던 들뫼의 눈처럼 붉은 빛깔이었다.

"내일 풍물이 끝나면 들뫼를 밖에 나가지 못하게 해."

홍도는 낮은 목소리로 순님이에게 주의를 주었다. 순님이가 눈치채서 놀랄까 봐 두려웠다.

"알았어."

순님이가 다소곳이 고개를 끄덕였다. 벌써 홍도의 마음을 훤히 알고 위로하는 듯하였다.

홍도는 입술을 깨물었다. 밤새 들뫼를 지킬 요량이었다. 그래서 유 부잣집을 터는 것을 막을 터였다. 하지만 유 부잣집의 광에 그득한 쌀이며 보리, 장롱 안의 엽전이며 금은보화가 눈에 아른거렸다. 얼마나 돈이 많으면 공명첩을 사서 양반이 되었을까. 약 한 첩 지어먹을 돈이 없어 시름시름 앓는 순님이. 홍도는 순님이의 손을 꼭 잡았다.

'차라리 들뫼를 놔둘까. 아니, 함께 유 부잣집의 재산을 조금만 덜어 올까. 착한 일에 쓰는 건데 죄가 되는 걸까. 오히려 죽어 가는 사람을 바라만 보는 것이 죄가 아닐까?'

홍도는 고개를 가로저었다.

'그것은 결코 옳은 방법이 아냐. 다른 사람이 그르게 한다고 나도 그럴 수는 없어. 광대패들 몰래 들뫼를 빼내어야 해. 들뫼가 못 갈 상황을 만드는 거야.'

홍도는 다시 한번 순님이를 바라보았다. 스승과 함께 그린 그림을 소중히 안고 있는 순님이. 홍도는 순님이가 그림 속의 푸르고 힘찬 대나무처럼 건강하게 살았으면 싶었다.

"아, 그림값!"

순님이가 안고 있는 그림을 보자, 유 부자에게서 받은 그림값이 생각났다.

"순님아, 이젠 혼자 갈 수 있지? 저녁 먹고 놀이마당으로 갈게."

홍도는 순님이의 대답도 듣지 않고 마구 달렸다.

'어머니에게 돈을 얻어야겠어. 다음 달 스승님께 드릴 월사금은 밀리겠지만, 그래도 부탁해 봐야지.'

엇박자 우정!

홍도가 놀이마당에 갔을 때는 이미 풍물놀이가 한창이었다.

색띠를 두르고 소맷자락이 긴 장삼을 입은 들뫼가 피리 소리에 맞춰 연습하고 있었다.

"순님이에게 쓸데없는 말을 한 건 아니지?"

들뫼는 홍도를 보자 한구석으로 끌고 가 으름장을 놓았다.

"옜다!"

홍도는 엽전 꾸러미를 내밀었다. 들뫼의 얼굴이 일그러졌다.

"난 거지가 아니야!"

"흥, 그래도 양반의 핏줄이다 이거지?"

"바보 같은 자식, 난 할아버지를 본 적도 없어. 그러니 내 핏줄이 양반의 핏줄인지 아닌지 알지 못해. 양반의 피에 특별한 색깔이 있는 것도 아니고, 그걸 어떻게 알겠어? 설령 그게 색다르다고 해도, 난 관심 없다구. 너 같지 않단 말이다!"

"그럼 내가 양반이 되고 싶어한다는 거야?"

"그래. 그러니 네 그림에는 양반들의 풍류뿐이 아니냐? 양반 흉내내는 거 아니냐구?"

"난 도화서의 화원이 되어 임금님의 얼굴을 그리겠다는 생각 뿐이야. 사과해!"

"못 해!"

둘은 엉겨 붙었다. 티격태격 주먹이 오가고 땅바닥을 몇 차례 굴렀다. 홍도의 입술이 터지고 들뫼의 얼굴이 깨졌다.

"난 순님이를 위해 해 줄 게 그것밖에 없단 말이다. 너라면 무엇을 할 수 있겠냐?"

들뫼가 홍도를 깔고 앉았다. 으르렁거리는 들뫼의 목소리는 젖어 있었다. 들뫼가 홍도의 얼굴을 치려고 주먹을 올렸다.

"나도 끼워 줘!"

홍도가 소리쳤다.

주먹을 올린 그대로 들뫼가 멈추었다. 그런 들뫼를 잽싸게 땅바닥으로 내리치고, 이번엔 홍도가 들뫼의 배를 깔고 앉았다.

"나도 유 부잣집에 가겠어."

"크크크크, 으하하하."

들뫼가 피실피실 웃다가 큰 소리로 웃어댔다.

"네가 뭔데? 우리는 네 동정을 받을 이유가 없어."

둘은 다시 엉켰다.

"동정 따윈 안 해. 난 순님이가 좋아. 너란 놈도 마음에 들고."

"사양하겠어. 난 빚지고 사는 것은 딱 질색이거든."

홍도가 주먹질을 하려다 옆으로 쓰러졌다. 들뫼도 숨을 고르며 그 옆에 누웠다.

"정말 그 방법뿐일까?"

홍도의 눈에 뜨거운 것이 흘렀다. 그런 홍도를 들뫼가 바라보았다.

"······."

들뫼도 눈을 감았다. 굵은 모래알이 박힌 듯 눈이 아렸다.

"여기서 뭣들 하는 거냐?"

누군가 홍도와 들뫼의 싸움을 꼭두쇠에게 알린 모양이었다.

달려온 꼭두쇠와 순님이가 둘을 일으켜 세웠다.

"무동의 얼굴에 멍을 들여놔서는 안 되는 법이오."

꼭두쇠가 홍도에게 못마땅한 듯이 투덜거렸다. 그리고 들뫼를 심하게 꾸짖었다.

"미안하다!"

들뫼가 꼭두쇠를 따라가다 돌아보며 내뱉었다.

"뭐가?"

"양반 흉내낸다고 해서. 네 그림도 괜찮은 편이기는 해."

풍물 가락은 사람의 마음을 잘도 구슬렸다. 깽깽거리는 해금 소리는 슬픔을 복받치게 하더니, 대금의 그윽한 소리가 홍도의 마음을 진정시켰다.

떠들썩한 구경꾼들의 웃음과 박수가 터졌다. 광대들의 노랫소리가 은은히 들렸다. 판소리 마당인 모양이다.

바위에 걸터앉은 홍도에게 순님이가 다가왔다.

"들뫼 오빠는 꼭두쇠에게도 이유를 말하지 않고 있어. 왜 싸웠어?"

"그냥……. 그 녀석이 자꾸 껍데기라고 부르잖아."

"들뫼 오빠는 오빠를 좋아해서 그러는 거야."

"아휴, 그 녀석이 날 좋아한다고?"

"응. 들뫼 오빠는 항상 엇박자야."

"엇박자?"

"응. 처음 여기 와서 춤 배울 때도 그랬어. 항상 박자를 놓치는 거 있지. 내가 오빠에게 박자 가르쳐 주느라고 얼마나 고생했는데."

"뭐?"

홍도가 놀라 순님이를 바라보았다.

"들뫼 오빠는 친오빠가 아니야. 들뫼 오빠의 아버지는 돌아가시고 어머니는 노비로 팔려 가서서 여기로 온 거래. 처음엔 말도 않고 하늘만 봤어. 꾸중을 들어도 춤 출 생각도 않고. 들뫼 오빠의 춤이 늘지 않자 꼭두쇠가 나를 때렸어. 제대로 못 가르친다고. 내가 다리를 비비며 우는데, "왜 너희 부모는 말려 주지 않니?" 하고 오빠가 묻대. 광대였던 우리 엄마와 아버지는 병에 걸려 돌아가셨다니까 나를 빤히 보는 거야. 그 때부터 오빠는 신통하게 박자도 잘 맞추고 신들린 듯이 춤을 추었어."

"……."

"홍도 오빠는 알지? 들뫼 오빠가 나 때문에 뭘 하려는지?"

홍도는 고개만 끄덕였다.

"유 부자네를 털려는 거야?"

"어떻게 네가?"

"며칠 전부터 눈치챘어. 땅재주꾼이랑 검무자 아저씨가 오빠를 불러내곤 해서 이상하다 여겼거든. 나 때문에 오빠가 봉변을 당해서는 안 돼."

순님이가 일어섰다. 그리고 놀이판을 지켜 보는 꼭두쇠에게 다가갔다. 홍도는 순님이를 말릴 수 없었다.

꼭두쇠가 홍도에게 슬그머니 손짓했다. 홍도는 으슥한 움막으로 들어갔다.

"우리 패거리의 일에 더 이상 간섭하지 마시오. 우리가 알아서 처리할 테니!"

"순님이랑 들뢰는?"

"……우리들의 규율대로 처리할 거요."

꼭두쇠가 은밀히 몇 사람을 불러 모았다.

홍도는 그의 팔소매를 잡아당겼다. 꼭두쇠가 돌아보았다. 홍도는 그의 눈을 똑바로 응시했다. 그러자 꼭두쇠가 천천히 말했다.

"지켜 주리다!"

놀이마당은 불꽃으로 일렁거렸다. 놀이판이 신명나게 펼쳐

지고 있었다.

땅재주와 검무가 먼저 끝났다. 뒤이어 대접 돌리기도 끝났다. 악사들의 삼현육각에 맞춰 무동 둘이 춤을 추었다. 들뫼의 춤은 아름다웠다.

"오빠의 춤을 보고 대번에 무슨 일이 생긴 걸 알았어."

순님이가 한숨을 쉬었다.

"오빠는 저렇게 건성으로 추지 않아."

서로를 위하면 작은 것도 크게 보이는 것일까. 홍도는 말없이 순님이의 손을 잡았다. 순님이가 떨고 있었다. 순님이는 건성으로 춘다고 하지만 홍도가 보기에 들뫼의 춤사위는 고왔다. 들뫼의 진짜 춤은 얼마나 아름다울까.

드디어 들뫼의 춤이 끝났다. 한구석에 앉았던 땅재주꾼과 검무자가 일어났다. 들뫼가 해금재비와 수군거리며 그들에게 다가갔다. 그리고 줄타기에 정신을 쏟고 있는 사람들의 틈을 빠져 나갔다.

홍도도 그들을 쫓았다. 꼭두쇠와 몇 사람이 다가왔다.

놀이마당을 빠져나와 저잣거리의 주막을 돌아섰을 때 빈터가 보였다. 거기에 유 부잣집을 털기로 한 광대들이 모여 있었다.

꼭두쇠와 홍도는 그들 앞에 섰다. 검무자가 도망가려고 했다. 꼭두쇠가 그의 발을 낚아채었다. 검무자는 땅바닥에 나뒹

굴었고, 나머지 패거리들은 장정들에게 에워싸였다.

"너희들은 두 가지 죄를 지었다. 우리 광대패의 명예를 더럽혔고 똘똘 뭉쳐야 할 조직을 사사로이 헤집었다. 김 도령에게 해코지할 생각은 마라. 다행히 일을 벌이기 전에 알았으니, 이 마을에서 화를 모면할 수 있었다. 하지만 유 부잣집을 털려고 했다는 소문이 돌면, 우리는 여기 부곡동은 물론이고 인근 마을에서도 놀이를 할 수 없을 것이다. 너희들의 사사로운 욕심이 우리 광대패에게 큰 해를 입혔으니 용납할 수 없다. 따라와라."

두려움에 떨며 광대들이 장정들에게 이끌려 갔다. 들뫼의 뺨을 쳤던 구레나룻의 땅재주꾼이 홍도를 노려보았다. 홍도도 그의 눈빛을 되받았다. 생각 같아서는 들뫼에게 했던 것처럼 고대로 때려 주고 싶어 몸이 부들거렸다.

"자식!"

홍도 옆을 스쳐 가며 들뫼가 피식 웃었다.

"네가 꾸민 짓이지? 덕분에 난 순님이와 달아날 수 없게 됐다. 의원에게 데려갈 수 없게 되었단 말이다. 대신 흠씬 물매맞게 되었구나. 하긴 잘됐지, 뭐. 실컷 두들겨 맞으면 답답한 속은 시원해질지도 모르니."

구경꾼들이 눈치채지 않게 장정들이 그들을 움막으로 몰고

갔다.

"살려 주세요. 오라비를 용서해 주세요."

낮게 울부짖으며 순님이는 꼭두쇠의 뒤를 따랐다. 꼭두쇠는 그런 순님이를 거들떠보지도 않았다.

홍도는 장정들을 헤치고 들어가 들뫼에게 작은 소리로 말했다.

"미안해."

"너를 원망하지 않는다!"

홍도를 바라보며 들뫼가 입술 사이로 내뱉었다.

홍도는 넋이 빠졌다. 잘한 것인지 못한 것인지 도무지 알 수 없었다. 마치 자신이 엇박자로 춤을 추는 것만 같았다. 어떻게 될까. 순님이와 들뫼는 과연 무사할까. 홍도는 터덜터덜 걸었다. 찬 하늘에 걸린 반달이 날카롭기만 했다.

마지막 향연

다음 날, 홍도는 먼발치에서 놀이판을 지켜 보았다. 들뫼와 순님이를 볼 자신이 없었다. 언제 왔는지 순님이가 다가와 홍도를 끌었다. 호젓한 귀퉁이였지만 놀이판이 훤히 보였다.

"홍도 오빠, 우리를 보호해 줘서 고맙다고 들뫼 오빠가 전해 달래."

들뫼가 춤을 추려고 놀이마당에 나서고 있었다.

들뫼와 눈이 마주쳤다. 홍도의 얼굴이 달아올랐다. 그것을 보았을까. 들뫼가 씨익 웃었다.

장구가 장단을 이끌자 피리와 대금이 해금과 어우러졌다. 밤하늘이 수틀이라면 삼현육각의 연주는 악사들이 수놓는 아름다운 꽃일 것이다. 둥! 둥! 북소리가 꽃무더기 속의 이파리로 푸르게 피어났다.

들뫼가 춤을 추었다. 긴 소맷자락이 나울거리고 명주 천은 하늘에 은하수를 펼쳤다. 미투리를 신은 들뫼의 발은 사뿐히 연주가락을 밟아 휘돌았다. 바람 따라 나풀나풀 날아다니는 나비처럼 가벼운 춤사위였다. 들뫼가 함빡 웃었다. 홍도는 들뫼의 웃는 얼굴이 낯설었다. 무엇이 기쁘기에 저리도 밝을까. 들뫼의 웃음은 짓궂은 익살로 가득했다.

나는 광대!
약 한 첩을 사기 위해 웃음을
파는 소년.
하지만 서럽지 않아.

누이의 눈가에 행복을 피우나니!

"오빠가 오늘 밤, 나를 위해서 춤을 추겠대."

순님이의 눈가에 눈물이 글썽거렸다. 들뫼는 온 정성을 다하여 춤을 추고 있었다.

'들뫼의 가슴엔 사랑이 넘쳐서 무서운 것이 없었던 거구나. 헐벗고 가슴 아픈 사람들을 기쁘게 해 주려는 마음이 바로 들뫼의 춤이구나. 저 표정이 내 그림에는 없는 알맹이구나!'

홍도의 가슴이 철렁 내려앉았다. 홍도는 들뫼가 자신을 껍데기라고 비아냥거린 이유를 알 것 같았다. 그리고 스승이 자신의 그림을 찾으라고 한 것도. 그림본에는 없는 꿈틀거리는 삶! 그것이 답이었다. 하지만 기쁘기보다는 왜 이리 슬플까.

너울너울 들뫼의 옷자락이 장단에 휘돌아갔다. 들뫼는 행복에 달떠 허공을 날았다. 구경꾼들도 열기에 들떠 덩실거렸다. 악사들도 들썩들썩, 양 볼이 터질 듯 피리를 불어 댔고, 쇠가죽이 찢겨질 듯 장구를 쳤다.

홍도는 화첩을 꺼내 〈춤추는 소년〉을 그리기 시작했다. 가슴이 불타는 듯 화끈거리고 손이 떨렸다. 자신을 업신여기던 광대 아이, 새로운 세계와 고통을 보여 준 아이, 밤바람처럼 차지만 가슴엔 따스한 별을 담은 아이, 홍도는 들뫼의 얼굴 표정이며 몸짓 하나 놓치지 않으려 신경을 곤두세웠다. 익살스러운 웃음 뒤의 사랑과 아픔을 잡아내려 애썼다. 홍도와 들뫼의 마음이 화선지에 솟아나고 있었다.

그 옆에서 미소짓는 순님이의 얼굴에 눈물이 흘렀다. 내일은 어느 길 위에 서 있을까. 순님이는 알고 있었다. 이 밤이 부곡동에서 여는 마지막 향연인 것을.

무동

세월이 흘러, 김홍도는 어른이 되었다. 시서화에 매진한 그는 도화서의 화원이 되었고, 임금님의 어진을 그려 꿈을 이루었다. 그러나 마음은 항상 허전했다. 김홍도는 그럴 때마다 저잣거리나 농촌의 들녘을 돌아다니며 가난하고 고달픈 사람들의 모습을 화폭에 담아 내었다. 그가 그린 풍속화는 사람들에게 위안이 되었을 뿐 아니라, 김홍도 자신의 마음도 위로해 주었다.

그 날 밤 이후로 김홍도는 들뫼와 순님이를 다시는 보지 못했다. 그리고 수없이 그렸지만, 들뫼가 춤추던 그림을 완성하지 못했다. 슬픔과 아픔이 눈물로 복받쳐 나와 들뫼의 웃음을 그려 낼 수 없었던 것이다. 들뫼와 헤어진 지 20여 년이 흐른 후, 드디어 김홍도는 들뫼의 슬픔이 깃든 웃음을 그려 낼 수 있었다. 그것이 바로 〈무동(舞童)〉이다.

천지개벽 서당에서

입학식

까까까갓!

후당골 어귀에 서 있는 미루나무 위에서 까치 한 쌍이 요란스레 울었다. 아침 공기처럼 맑은 소리였다. 홍도는 까치 소리가 스승의 웃음소리 같다고 생각했다. 걸음을 멈추고 까치들의 바쁜 날갯짓을 지켜 보던 홍도는 숨을 깊게 들이마셨다. 찬 기운이 입과 코를 지나 머릿속까지 짜릿하게 스며들었다.

홍도 보아라.

서당에서 공부를 잘하고 있느냐? 나는 송림사(松林寺, 안산 정곡에 있는 사찰)에서 겨울을 날 생각이다. 그러니 계속하여 배움을 얻거라. 맹 훈장이 너에게 새로운 눈을 밝혀 줄 것이다.

홍도야, 그림을 접지 마라. 옛 선인의 찌꺼기만 터득하는 것은 그림의 진면목을 잃는 것이다. 인생에서 항상 접하는 것들을 통하여 신령스러운 마음과 슬기로운 지식으로, 홀로, 천고의 묘함을 깨닫기 바란다.

게으름 또한 부리지 마렴. 게으름은 몸과 정신을 좀먹는 곰팡이로 한 번 맛들이면 골수까지 파고드는 지독한 놈이야.

송림사 뒤뜰에 있는 대밭이 서걱거릴 때마다 네 젓대(대금) 소리를 듣는 듯하구나. 나는 때때로 우리가 즐겨 보았던 구름 그림자를 보곤 한다. 바람이 매차구나. 고뿔 조심하여라.

병자년(1756년) 동짓달 겨울 밤에

사흘 전에 스승 강세황에게서 편지가 왔다. 반년 만에 듣는 스승의 안부였다. 지난 5월 아내 유 씨를 잃자, 강세황은 모든 것을 팽개치고 송림사로 떠났다. 글도 싫고, 그림도 싫고, 세상살이도 시들하다며 절필을 하자 사람들은 몹시 놀랐다. 이름난 대학자가 아내를 잊지 못하고 세상을 등지다니……. 한편으로는 산 사람도 잃었다며 혀를 끌끌 찼고 한편으로는 그 애끓는 사랑에 고개를 끄덕였다.

스승의 단아한 글귀 옆에는 학 한 마리가 바닷가에 서 있었다. 학은 십장생의 하나로 장수를 의미하지만 배울 학(學)과 동음이어서 학문도 상징한다. 스승은 배움에 정진하라는 뜻을 홍도에게 전하려고 붓을 잡은 것이다. 홍도는 변함없이 자상하고 따스한 스승의 마음씀씀이 느껴웠다.

"스승님, 깊은 뜻은 잘 모르지만 기꺼이 따르겠습니다. 우리가 보았던 구름 그림자처럼 언젠가는 깨칠 날이 오겠지요? 하지만 잠시뿐이에요. 봄이 오면 스승님을 찾아갈 겁니다! 경칩에는 대동강 물도 풀린다잖아요? 풀벌레랑 개구리가 깨어날 즈음이면 스승님의 슬픔도 봄눈 녹듯 스러지겠지요. 그 때 다시 가르쳐 주세요."

홍도는 스승에게 말하듯 중얼거렸다. 하지만 이내 의문에 휩싸였다.

'훈장님이 새 눈을 틔워 준다고?'

이해할 수 없었다. 맹 훈장은 볼품없고 게으른 훈장이다. 목소리는 놋재떨이 울리듯 쇳소리가 났으며 콧병이 있는지 항시 코를 끙끙거렸다. 게다가 가르치는 것은 어떻고? 어려운 글은 사서삼경까지 줄줄 읽는 범수에게 떠맡기고, 서당 규율은 접장인 범호에게 다스리도록 했다. 맹 훈장은 그저 강독하는 아이들을 물끄러미 바라보거나, 꾸벅꾸벅 조는 게 다였다. 특별한 게 없는 훈장이고, 번듯한 구석 하나 없는 서당이다. 도대체 그곳에서 무얼 배우란 말인가? 홍도는 차라리 홀로 그림 그리며 스승을 기다리고 싶었다.

스승이 떠난 후 몇 달 동안 홍도는 갈피를 잡지 못했다. 젖니가 빠질 즈음부터 문지방이 닳도록 부곡동을 드나들며 문사철(文史哲) 시서화(詩書畵)뿐만 아니라 예악(禮樂)까지 두루 배웠다. 앞에서 이끌어 주던 스승이 없자, 그림을 제대로 그린 것인지, 글을 바로 깨치는 것인지, 대금이나 거문고를 바르게 연주하는지 모든 것이 먹먹했다. 물에 빠진 것처럼 허우적거리다 한 달 전에 맹 훈장에게 간 것이다.

동짓달 맵찬 바람이 얼굴을 스쳤다. 그 탓일까? 아니면 이젠 스승 곁을 떠나 스스로 서야만 하기 때문일까? 갑자기 울컥하고 눈이 쓰렸다. 홍도는 마음을 다잡으며 미루나무로 눈길을 돌렸다. 마른 가지 사이로 멀리 동그마한 산들이 들어앉아 있었다. 그 중 한 자락에 송림사가 있을 터였다. 시서화 삼절(詩書畵 三絶)이라 일컫는 강세황. 일필휘지로 휘갈기면 학이 나는 듯한 글씨며, 채우고 비움이 절묘하게 어우러지는 그림, 한 마디만 무심히 읊어도 노래가 되는 시, 이것들을 스승은 송림사의 바람에 풀어놓고 있는 것이다. 홍도는 스승이 얼른 몸과 마음을 추스르고 붓을 잡기를 기원했다.

홍도는 후당골을 지그시 둘러보았다. 산 밑에 서당이 보이고 그 너머로 산길이 실타래처럼 늘어졌다. 그 길 끝자락에는

43

수암동이 넓게 펼쳐 있었다. 관아가 있는 읍성과 고대광실 기와집, 옹기종기 초가들이 모여 있는 안산의 중심지였다.

　꼬꼬꼬꼬꼬

넋 잃은 홍도를 깨우듯 암탉이 푸드덕거렸다. 서당에 낼 월사금이다. 홍도는 암탉을 꼬옥 끌어안고 책과 팥을 싼 보자기를 움켜잡았다. 그러고는 기운차게 서당으로 향했다. 동짓날 입학식부터 늦으면 회초리 자국이 종아리에 물결칠 것이다.

"비켜!"

고샅길로 접어들 때였다. 한 아이가 산모롱이에서 튀어나왔다. 비켜날 틈도 없이 부딪혀 닭이 후드득 날고 보자기가 떨어져 팥알이 쏟아졌다.

"미, 미안."

아이는 허리를 굽히다가 냅다 달아났다. 짚신 한 짝이 벗겨져 풀포기에 걸렸다.

"이놈의 자식, 당장 서지 못해!"

홑저고리 차림의 사내가 나뭇가지를 휘두르며 아이를 뒤쫓았다.

"싫단 말이에요, 아버지. 난 죽어도 안 가요."

아이가 팽하니 수암동 산길로 달아났다. 사내도 이내 숲으로 사라졌다.

그 사이, 암탉은 제 세상인 양 꼬꼬댁거리며 밭고랑을 돌아다녔다. *꼬꼬댁꼬꼬꼬, 꼬꼬댁꼬꼬꼬.* 홍도도 *꼬꼬댁*거리며 닭을 쫓아 밭고랑을 누볐다.

"아침부터 웬 날벼락이람."

암탉을 잡았을 때에는 땀범벅이었다. 홍도는 한 손으로 닭 날개를 움켜잡고 한 손으로는 팥을 주워 담았다. 겨우 수습하여 일어서니 아이의 짚신이 눈에 띄었다. 털 하나 없는 게 무척 정성들여 짠 새 신이다. 부아가 치밀어 걷어차려던 홍도는 짚신을 집어 들었다.

고샅길을 벗어나니 팥 고는 냄새가 솔솔 풍겼다. 어느 집에서 동지팥죽을 쑤는 모양이다. 삐쩍 마른 검둥개가 서당 아이들의 와자지껄 소리와 함께 골목을 헤집고 다녔다. 울타리 바깥까지 들리는 것으로 보아 접장인 범호는 아직 오지 않은 모양이다.

홍도는 안채로 먼저 들어갔다.

"사모님, 어머님이 주셨습니다."

"그래, 아주 실한 암탉이구나. 훈장님이 닭 알을 좋아하는 걸 어찌 알았누? 우리 홍도는 눈썰미도 좋지. 그러니 그림을 잘 그리는 게야."

사모님은 보자기를 풀어 팥을 살폈다. 홍도는 돌이 섞였을까 봐 조마조마하여 얼른 닭을 안아 처마 밑 둥주리에 올려놓았다.

"올해는 가물었는데 팥이 탱글탱글하구나. 윤이 짜르르 흐르는 걸 보니 어머니께서 정성을 다해 가꾸셨나 보다. 팥죽 쑤면 달고 고소하겠어. 부모님께 고맙다고 전해라."

"예."

홍도는 사랑채로 나왔다.

글방 댓돌에 신발이 흩어져 있었다. 그 모습을 보니 홍도는 픽 웃음이 나왔다. 신발만 봐도 주인의 행동거지며 성격이 그대로 보였다. 가지런한 갖신은 반짝반짝 빛나는 금종처럼 영특한 범수 것이고, 한 짝은 댓돌에 걸쳐 있고 한 짝은 마루 밑에 뒹구는 짚신은 날쌘콩 달구 것이다. 홍도는 날쌘콩의 짚신과 다른 신발을 정리했다. 그리고 댓돌 아래에 고샅길에서 주운 짚신을 내려놓았다.

"홍도 왔니?"

사랑문을 열자, 아이들이 웃으며 반겼다. 맹 훈장도 벌써 나와 있고 아이들은 늘 앉던 대로 자리잡고 있었다. 맹 훈장을 중심으로 오른쪽에 살살이 황인교와 무던이 최묵돌이 앉았고 그둘 사이는 비었다. 홍도 자리였다. 맹 훈장 왼쪽에는 접장이자 나이가 가장 많은 이범호의 빈자리가 보였고, 금종 이범수, 허허 유익종, 코밑수염이 나 애아범이라 불리는 구만호, 날쌘콩 오달구가 차례로 앉아 있었다.

홍도도 친구들이 반가웠다. 그러나 이내 친구들한테 향하는 마음을 묶었다.

'잠시 머물다 갈 거야, 정붙일 필요 없어.'

새 학동 차돌이

"훈장님, 어제 고조부 제사를 모셨습니다. 약주를 조금 보내니 맛보시랍니다."

범호가 보자기로 싼 술병을 훈장 앞에 조심스럽게 내밀었다.

"이, 이렇게 귀한 것을…… 큼큼, 할아버지 없이 제사를 지냈구먼. 지금쯤 풍아(風雅)는 개골산의 멋에 푹 빠져 있으렷다. 조상의 제사도 모시지 않고 겨울 여행이라니, 홍취를 아는 풍류객이야. 아마 금강산 어느 봉우리에서 제를 올렸을 게다."

맹 훈장은 술병을 사랑스럽게 쓰다듬었다. 얼마 만에 맛보는 술인가. 지난 7월에 금주령이 내렸으니 족히 반년은 되었다. 맹 훈장은 솔솔 풍기는 술 냄새에 입맛을 다시다 눈을 질끈 감고 뒤쪽으로 옮겼다.

"콩콩, 새 학기에 한 명도 낙오 없이 공부하게 되어 기쁘다. 너희도 나랑 공부해서 좋쟈?"

"예, 훈장님."

아이들이 키득거렸다. 범호만 시큰둥한 표정으로, 얼마 전에 관례를 치른 후 쓰기 시작한 갓을 삐뚜름히 고쳤다. 웃고 떠들던 아이들이 언제 그랬냐는 듯 입을 꾹 다물었다.

"예부터 동짓날은 양의 기운이 커지기 시작하는 날이어서 길하다고 여긴다, 콩. 그래서 입학식을 치르지. 너희도 좋은 기운 받아 나날이 발전하길 바란다. 조금 뒤에 새 학동이 올 거야. 서툰 게 많을 테니 따스하게 대하거라."

맹 훈장이 문 쪽을 바라보았다. 그 순간을 기다린 듯 밖이 시끄러웠다. 날쌘콩이 잽싸게 문을 밀어젖히자, 본능적으로 볼거리를 감지한 아이들도 마루로 몰려나갔다. 한 아이가 사내에게 팔목을 잡힌 채 끌려왔다.

"싫어요, 아버지. 전 공부하기 싫어요."

"이놈아, 굼벵이처럼 사는 건 애비로 족혀."

둘은 훈장과 아이들이 보는 것도 모르고 실랑이였다. 홍도가 고샅길에서 만난 아이와 사내였다. 아이의 몰골은 엉망이었다. 눈은 퉁퉁 부었고, 옷엔 검불이 묻고, 머리도 헝클어져 있었다. 도망 다니느라 더러워진 짚신은 흙 범벅이었다. 그나마 왼쪽은 잔털 없이 결 고운 자신의 것인데, 오른쪽은 커다랗고 다 해진 막치기로 사내 것이었다. 사내의 오른쪽이 맨 버선발이었다.

"훈장님, 늦어서 죄송합니다."

사내가 헤쳐진 저고리를 추스르며 맹 훈장에게 허리를 굽혔다.

"김 서방, 자네가 웬일인가? 설마 차돌이가?"

범호가 앞에 나섰다.

"예, 큰도련님. 우리 강석이도 서당에 다닐까 합니다. 범수 도련님도 안녕하셨지요?"

사내가 이복형제인 범호와 금종이에게 인사했다. 그러고는 머뭇거림 없이 덧붙였다.

"큰도련님, 차돌이가 아니라 강석입니다. 큰어른께서 지어 줬잖습니까?"

"뭣 강석? 가장 단단하고 아름다운 돌, 금강석? 종놈 주제에 격식 차리는 이름이 다 뭐고 공부라니. 어디 와서 헛소리야?"

범호 얼굴이 시뻘게졌다.

"도련님, 저희는 종이 아닙니다. 도련님 댁에서 속량된 지 벌써 이태입니다."

사내는 또박또박 대꾸했다.

"모두 들어와 앉거라. 자네는 그만 돌아가고."

맹 훈장이 말을 끊었다.

"예, 훈장 어른. 미흡한 자식 놈 맡기고 돌아……"

사내의 말이 끝나기도 전에 범호가 맹 훈장에게 홱 돌아섰다.

"훈장님, 어찌 천한 노비 자식과 공부하라십니까? 할아버지가 무슨 일이 있어도 서당을 떠나지 말라 하여 서자 녀석과 아랫것들이랑 겨우 어울렸는데, 전 이제 다니지 않을 겁니다!"

범호가 씩씩거리자, 금종이 사내에게 어서 가라고 손짓했다. 사내는 불안한 눈빛으로 돌아섰다. 서당 아이들은 수군거리고, 아이는 울상이 되어 사내의 꼭뒤만 바라보았다. 금종이 아이 손을 꼭 잡았다.

멀뚱멀뚱 서안만 바라보던 맹 훈장이 천천히 고개를 들었다.

"범호야, 풍아도 허락한 일이니 더는 말하지 마라."

"하, 할아버지도 아신다고요? 저는…… 이해할 수 없습니다."

할아버지가 원망스러웠다. 대갓집 장손에게 이런 형벌을 내린단 말인가? 서자인 범수를 애지중지하는 것도 모자라 한자리에서 겨루게 하지 않나, 양반 자제들이 다니는 서당으로 가게 하거나 독선생을 모셔오지 않고 평민 아이들이 모인 이 곳에서 공부하게 한담. 그나마 신동으로 소문난 김홍도가 와서 마음 붙이던 참인데.

범호는 자리를 박차고 나갔다. 쾅! 문 닫히는 소리와 함께 글방은 싸늘하게 가라앉았다. 범호에게 시달릴 생각에 지레 겁먹은 몇몇 아이는 차돌이를 흘겨보았다.

"쯧쯧쯧, 저 불뚝성을 언제 고칠꼬. 애야, 걱정하지 마라. 널 뭐라고 불러 주랴. 네 아버지처럼 강석이가 좋으냐?"

맹 훈장이 방바닥에 눌러 붙듯 쭈그리고 있는 차돌이를 불렀다.

"예에? 저어⋯⋯."

"훈장님, 우리는 별명으로 부르잖아요. 범호 도련님만 별명을 싫어하고, 홍도는 마땅한 게 없지만요. 그러니 그냥 차돌이라고 불러요."

훈장과 제일 가까이 앉은 살살이가 끼어들었다.

"나도 차돌이가 좋다. 너도 좋으냐?"

아이는 대답 대신 고개를 끄덕였다.

"그럼, 됐다. 이제 공부하자. 금종아, 네가 『명심보감』을 읽어 봐라, 큿큿."

"훈장님, 첫 날부터 무슨 공부예요. 새 친구도 왔는데 우리 놀아요, 예?"

아이들이 눈을 뚱그렇게 뜨고 소리쳤다. 하지만 맹 훈장은 꾸벅꾸벅 조는 체했다.

"에잇! 입학식이 뭐 이래?"

아이들은 투덜거리며 책을 펼쳤다. 서당의 첫 수업이었다.

안채에서 내온 동지팥죽을 달게 먹고, 맹 훈장이 느긋이 반주 한 잔을 즐긴 오후, 수업이 끝날 즈음이었다. 골목에서 컹컹 짖던 검둥개가 깨갱거렸다.

"훈장님, 안에 계십니까?"

도포자락을 휘날리며 양반 여럿이 들어섰다. 범호와 금종의 아버지인 이 진사와 젊은 선비들이었다. 풍채 좋은 그들은 한껏 멋을 부린 차림이었다. 비단 중치막에 호박 장식을 단 띠를 두르고, 여우 모피에 비단으로 만들어진 풍차를 쓴 사람도 있었다.

"자네들이 웬일인가?"

수업을 마무리 지은 맹 훈장이 떨떠름히 그들을 안으로 들였다.

글방에서 물러난 아이들은 부리나케 사랑채 뒷벽에 달라붙었다.

"야, 금종아. 범호가 너희 아버지한테 꼰질렀나 보다."

"그러게. 아버지랑 어른들이 왔으니 일이 크게 벌어졌어."

금종이 굳은 얼굴로 글방에 귀를 기울이자, 커다란 신을 꿰찬 차돌이가 어쩔 줄 몰라 했다. 홍도는 서당에서 쫓겨날 게 뻔

한 차돌이가 안돼 보여 짚신을 갖다 주었다.

"네 신발이야, 고샅길에서 주웠어."

"고, 고마워. 닭 잡느라 고생했지?"

차돌이가 쑥스러이 홍도를 보더니, 이내 멍한 눈빛으로 짚신을 보았다. 새 신을 삼아 주던 아버지가 또렷이 되살아났다.

"이것 신고 꿋꿋이 가. 사람이 하고자 하는 뜻만 굳세면 못할 게 없다."

아버지는 새끼를 꼬며 말했다.

이 진사 댁 노비였던 아버지. 상일꾼이었던 아버지는 신분에 맞지 않게 총명했다. 어린 날 스스로 글을 깨쳤고, 몇 년 전에는 이 진사를 모시고 청나라에 다녀왔다. 세상은 넓고 인간은 모두 귀하더라. 새로운 세상까지 보아 버린 아버지는 말했다. 병에 걸린 이 진사가 향수병으로 괴로워하자 조선까지 업고 온 아버지는 그 공으로 면천되었다. 하지만 신분의 벽을 뛰어넘었어도 아버지는 세상으로 나아갈 수 없었다. 그러자 아버지는 차돌이한테 모든 것을 걸었다. 아버지와 다른 길을 가라. 내 모든 것을 받쳐서 새 신을 삼아 주마. 아버지는 짚신을 짜는 내내 굳은 손으로 말했다.

'아버지, 전 무서워요. 제겐 너무 벅찬 길이에요.'

차돌이는 달아나고 싶었다. 공부도, 신분이 다른 아이들과 어울리는 것도 버거웠다.

"훈장님, 반상의 구별이 엄해야 나라가 바로 서는 것 아니겠습니까? 세상이 좋아졌다지만 제 집 종과 같이 공부시킬 순 없습니다. 천지개벽하지 않는 한 당치않습니다."

사랑채가 시끄러웠다. 와글와글 따지는 양반들과 이 진사의 목소리가 뒷마당까지 울렸다.

"으응? 천지개벽이라…… 옳거니, 그거 좋구면, 쿵쿵. 우리 서당에 딱 맞는 이름이로다. 이보게, 이제부터 우리 글방은 천지개벽 서당일세그려."

묵묵히 듣던 맹 훈장이 무릎을 쳤다.

"훈장님, 장난하십니까? 당장 차돌이를 내치십시오. 종놈이 공부라니요?"

"그럼요. 어디서 감히 양반 흉내를 낸답니까?"

"김 서방 그 작자를 불러다 혼쭐내야 합니다."

따라온 선비들이 목청을 높였다.

"이 진사, 자네 집에 책이 몇 권 있더라? 강세황의 처가이자 예조판서를 지낸 유명현 댁 경성당만큼 있던가?"

맹 훈장이 장난기 어린 눈웃음을 치며 그들의 말머리를 잘랐다.

"예에? 경성당과 이조판서 유명천 댁에 있는 청문당은 조선의 4대 만권당에 속하지 않습니까? 저희 집은 그 정도는 안 되지요. 하지만 수 천 권은 족히 될 겁니다. 청에서 들어온 책도 제법 있고요."

"그래? 꽤 많구먼. 그런데 그게 다 쓰레기라니…… 크응, 애석하다, 애석해. 이 진사, 얼른 가서 그 책들을 불태우게."

맹 훈장의 얼굴이 굳어졌다. 작은 눈이 위쪽으로 찢어지자 웃음기도 사라졌다. 더 이상 주책없이 졸거나 코를 끙끙거리는 노인이 아니었다.

"훈장님, 왜 이리 엉뚱하십니까? 양반의 체통을 차리십시오."

"무어라, 이런 무엄한……. 나는 자네 아버지의 죽마고우야. 삼척동자도 이렇게 무례하진 않을 걸세. 쯧쯧, 연경까지 가서 새 문물을 익혔으면, 사람 사는 법도 터득해야 하거늘. 책을 수만 권 읽으면 뭐 하누, 마음자리가 저리 좁아서!"

맹 훈장이 서안을 쳤다. 그 기세에 눌려 선비들이 헛기침을 했다.

"돌아들 가게. 시회나 사냥한다고 흥청거리지 말고, 금종이가 만드는 물건이라도 구경해."

맹 훈장이 말 매듭을 짓고 돌아앉았다.

이 진사와 선비들은 불만스레 나왔다.

"이대로 물러날 순 없소."

"암, 양반의 체통이 땅에 떨어지는 일이야."

"말세야 말세, 종놈이 공부라니!"

"과유불급이거늘, 김 서방 이 자가 세상을 발칵 뒤집어 놓는군."

선비들의 도포자락 휘날리는 소리가 마당을 지났다. 골목에서 컹컹 검둥개가 짖었다.

"우리 훈장님, 보기보다 세다."

무던이가 벽에서 물러나며 소리쳤다. 아이들은 그제야 긴 숨을 내쉬었다.

"마음 졸일 필요 없어. 우리도 네 처지와 다를 바 없으니 편히 생각해."

"맞아, 우리 서당 유명한 거 알지? 평민 애들이 공부하는 서당이라는 거. 하긴 그러니 너도 왔겠지 뭐."

코밑수염이 거뭇거뭇한 애아범이 차돌이 어깨를 토닥이자, 날쌘콩이 덧붙였다.

"차돌아, 너 아직도 겁보에 울보더라."

금종이가 다가와 차돌이 배를 툭 치자, 차돌이가 처음으로 멋쩍게 웃었다.

"어이, 신입생! 배가 등짝에 붙었는데 누룽지 없냐? 조청 엿이라도 한 조각 가져왔겠지?"

"입학하면서 주전부리 안 챙겨왔으면 그냥 둘 수 없지."

"그럼, 인절미 정도는 있어야 해."

어느새 아이들이 차돌이를 둘러싸며 한 마디씩 쑥덕거렸다. 그들만의 환영식을 보며, 홍도는 그 곁에 엉거주춤 서 있었다.

족제비몰이

범호가 없는 서당은 활기찼다. 아이들은 제멋대로 떠들고 뛰어놀았다. 닭싸움, 자치기, 비석치기, 술래잡기에 물리면 이웃집 검둥개를 몰고 다녔다. 컹컹컹, 멋모르고 껑충거리던 검둥이는 아이들의 기세에 눌려 깨갱깨갱 달아났다. 온 동네가 들썩거렸다.

차돌이는 여전히 아이들과 어울리지 못했다. 마당을 거니는 닭만 따라다니거나 암탉이 다른 데에 알을 낳으면, 둥주리에 밑알로 챙겨 넣곤 했다.

"금종아, 범호는 안 온대?"

홍도와 금종이 고누를 둘 때였다. 훈수 두던 애아범이 물었다.

"차돌이를 내보내든지 양반 아이들이 다니는 수암동 서당으로 보내 달라고 조르나 봐. 아버지는 김 서방을 꾸짖는데, 꿈쩍도 안 해."

"그래? 차돌이 아버지 큰 맘 먹었나 보다."

"응. 날마다 찾아와 아버지께 사정하지만, 그게 좀 쉬워야 말이지……."

금종과 애아범은 지난해를 떠올렸다. 맹 훈장이 평민 아이들을 받아들이자, 안산 일대 양반들이 들고 일어났다. 다행히 풍아 어른과 세상살이를 넓게 보던 양반, 첨성촌에 사는 이익 같은 분들이 맹 훈장의 뜻을 거들어 주었다. 그래서 평민 아이들이 글을 깨치게 된 것이다. 그러나 범호를 제외한 양반 자제들은 맹 훈장네 서당을 떠났다. 양반이 아랫것들과 한 자리에서 공부할 수 없다는 이유였다.

"엇, 족제비다!"

"닭 노리러 왔나 봐. 저 놈 잡자."

아이들이 뒷마당으로 달렸다. 한 무리는 족제비를 쫓고 한 무리는 담 밑으로 뛰었다. 날쌘콩이 담 밑 수챗구멍을 막자, 무던이와 허허가 족제비를 몰았다.

"족제비 털로 황모필 만들자."

고누 말을 던져두고 애아범과 금종도 합세했다.

좁혀지는 포위망에 족제비가 허둥거렸다. 수챗구멍으로 달아나려던 족제비는 몸을 돌리다 허방 디뎌 비틀거렸다. 쫓는 아이들의 눈빛은 반짝거리고, 쫓기는 족제비의 눈빛은 흔들렸다. 그러나 이내 족제비는 출구를 점찍었다. 살려는 본능으로 미욱한 아이들을 알아챘는지, 멍하니 서 있는 홍도를 지나 닭장 옆으로 돌진했다.

"놓치면 안 돼, 차돌아."

아이들이 소리치자, 이제껏 쭈뼛거리던 차돌이가 몸을 던져 꼬리를 잡았다. 하지만 족제비는 몸을 빼 마당을 가로질러 밖으로 달아났다. 컹컹, 검둥개가 짖었다.

"에잇, 틀렸다. 귀한 황모필이 날아가네."

"아냐, 쫓아. 검둥아, 물어, 물어!"

족제비몰이에 신이 난 아이들의 함성이 뒤를 쫓았다. 그러다 아이들은 멈칫했다.

"범호…… 도련님."

범호가 뒷마당으로 성큼성큼 걸어갔다. 보이지 않는 끈에라도 묶인 듯 아이들이 따랐다. 범호가 감나무 아래에 서자, 아이들도 멈췄다.

"살살이, 차돌이 데려와."

살살이가 잽싸게 차돌이를 데려와 범호 옆에 세웠다.

"난 서당에 다니기로 했다. 지난해에는 내가 너희를 선택했으니, 이젠 너희가 선택해. 나랑 공부할래, 차돌이랑 공부할래?

원하는 사람 쪽에 서."

범호가 아이들을 훑어보았다. 아이들이 낮은 소리로 웅성거렸다.

"형님, 이러지 마세요. 이건 선택이 아니라 강요입니다."

금종이 아이들을 헤치고 차돌이와 범호 가운데 섰다.

"넌 잠자코 있어."

범호가 금종이를 쏘아보았다. 그러나 금종이는 꼼짝도 하지 않았다.

한동안 침묵이 흘렀다. 차돌이는 벌게져 어쩔 줄 모르고, 아이들은 서로 눈치를 살폈다. 금종이는 형을 달래려 애쓰고, 범호는 입 꼬리에 비웃음을 머금은 채 서 있었다. 홍도는 무리 뒤에서 서늘한 풍광을 지켜 보았다.

드디어 아이들이 움직이기 시작했다. 아이들은 놀라는 금종이를 외면한 채 범호 옆으로 한 발 내디뎠다. 범호의 얼굴에 흡족함으로 가득 찼다.

"김홍도, 뭐 해?"

아이들이 비켜난 자리에 덩그러니 남은 홍도를 보며 범호가 불렀다. 말씨는 부드러웠지만 빨리 결정하라는 재촉이었다.

아이들 시선이 홍도에게 몰렸다. 금종이도, 범호도, 홍도가 어떤 선택을 할지 궁금한 표정이었다. 홍도는 당황했다. 양반과 평민의 중간치 중인! 곤혹스러운 자신의 신분과 처지. 이것은 홍도가 처음 서당에 왔을 때부터 느꼈던 보이지 않는 선이기도 했다. 양반과 평민의 경계선! 어느 쪽에 속하지도 않으면서 어느 한쪽에 기울어야 하는 처지인 것이다.

범호는 홍도에게 깍듯했다. 풍아 어른의 시회에 스승 강세황과 갔을 때부터였다. 처음에 범호는 홍도를 내켜하지 않았으나, 그림을 본 후 얼굴색을 달리했다. 그리고 서당에서 만났을 땐 전보다 더 달콤하게 굴었다.

"홍도야, 그림이 참 좋구나."

범호가 정겨운 말을 건넬 때마다 홍도는 곤혹스러웠다. 알 듯 모를 듯 경계하는 눈길이 느껴졌던 것이다. 다행히 금종이 아이들과의 경계를 풀어 주었고, 그림으로 인해 아이들과 허물없이 지낼 수 있었다. 그런데 이제는 선택해야 한다. 범호 못지않게 아이들도 바라는 눈치였다.

"……."

홍도는 그 자리에 섰다. 어느 쪽으로도 움직일 수 없었다. 차돌이를 편드는 것도, 범호를 따르는 것도 싫었다. 홍도에겐 관심 밖이었다. 오로지 홍도는 이런 구차한 일에 끼는 게 귀찮을 뿐이었다.

"네 이놈들, 예서 뭐 하는 게냐?"

긴장감을 무너뜨린 것은 맹 훈장이었다. 아이들은 풀려난 짐승처럼 우르르 글방으로 달아났다. 맹 훈장이 지켜 보는 가운데 차돌이와 금종, 범호와 홍도만 팽팽한 구도로 서 있었다.

"형님, 어서 들어가세요."

금종이 차돌이를 밀면서 자기 형을 다독였다. 홍도가 먼저 마당을 나왔다.

"이놈들아, 늙은 스승 자장가 불려 주냐? 글 읽는 소리가 왜 이리 시원찮아, 크잉."

글방은 써늘했다. 가랑잎이라도 부스럭거리면 주저앉을 듯 아이들은 바짝 얼었고, 강독소리도 목구멍에서 달싹거렸다. 차돌이도 천적을 만난 듯 움츠렸고, 범호만 먹잇감을 발견한 포식자처럼 눈빛에 날을 세웠다.

동짓달이 지나도록 범호는 침묵했다. 범호의 비위를 건드리지 않으려고 애쓰던 아이들은 점점 예민해졌다. 자신들에게 할애되었던 자유마저 못 누리자, 아이들은 차돌이를 원망하기 시작했다. 섣달 햇살만큼 짧은 점심시간을 꿀맛같이 쉬던 날이었다.

"차돌아, 너 서당에 나오지 마라."

"우리도 범호 양반 새끼가 싫지만, 어쩔 수 없다."

아이들이 결심한 듯 말했다. 허허와 애아범은 뒷짐 지고 모르는 체 돌아서 있었다.

아이들은 이제 몰이꾼이었다. 범호의 냉대와 아이들의 눈총에 구석까지 몰린 차돌이는 도망갈 길을 찾지 못하는 족제비였다. 더구나 영악하지 못한 족제비여서, 한 걸음 한 걸음 옥죄는 사냥꾼의 포획에 그대로 노출되어 있었다.

"미, 미안해. 하지만 우리 아버지를 생각하면…… 그럴 수 없어."

차돌이가 흑흑거리며 달려 나갔다.

"너희, 뭐 하는 거야? 우리 형보다 너희가 더 나빠."

뒤늦게 본 금종이 씩씩거리며 차돌이를 따라갔다.

"에잇, 우리는 뭐 이러고 싶은 줄 아나."

아이들은 맥없이 앉았다. 허허와 애아범도 씁쓸히 혀를 다셨다.

"쉬는 시간 끝났어, 빨리 들어와!"

맹 훈장이 오수를 즐기는 모양이다. 범호가 아이들을 불러들였다.

아이들은 자신의 공부 과정에 따라 글을 읽든지, 방바닥에 종이를 펼치고 글씨 쓰기를 준비했다. 범호가 먹을 갈았다. 품질 좋은 솔먹 향이 방 안에 그윽하게 퍼졌다. 홍도는 범호의 솔

먹으로 그림 그리면 참 좋겠다는 생각을 불현듯 했다.

그 때, 금종이 차돌이를 데리고 왔다. 차돌이 눈이 벌겠다.

"차돌아, 어제 배운 『동몽선습』 외워. 훈장님께 또 종아리 맞지 말고."

금종이 달래자, 멈칫거리던 차돌이는 제자리를 찾아갔다. 여기저기 흩어진 종이를 피하며 범호 뒤쪽에 갔을 때였다. 조심해서 간다는 게 그만 벼루를 밟아 버렸다. 벼루 위에 있던 붓이 튀어 범호의 옷자락에 먹물이 묻었다.

"이 종놈의 새끼!"

범호가 발딱 일어나 차돌이를 후려쳤다.

"네가 어딜 와서 자릴 넘보는 거야. 천자문이라도 익혔으면 그걸로 족해야지, 뭐 동몽선습? 동몽선습 배운다고, 사서삼경을 깨친다고 벼슬길에 오를 줄 아느냐? 노비에서 속량되니 양반까지 되고 싶어?"

범호가 차돌이의 몸 위로 분풀이를 쏟았다. 쓰러진 차돌이는 단단하고 귀한 금강석이 아니라, 길가에 굴러다니는 돌멩이였다.

"형님, 이러시면 안 됩니다."

금종이 달려들어 범호를 그러안았다. 허허와 애아범이 쓰러진 차돌이를 일으켰다.

"비켜! 허허, 당장 그놈 놔."

범호와 눈이 마주친 허허와 애아범이 차돌이를 놓았다. 차돌이가 푸르르 주저앉았다.

"먹물 지워!"

범호가 수건을 던졌다. 차돌이가 덜덜거리며 도포 자락을 문지르자 먹물이 번졌다.

"이 자식이, 누가 지우랬지 더럽히랬어?"

범호가 발길질하자 차돌이가 방바닥을 굴렀다.

홍도는 눈을 질끈 감았다. 범호의 폭력도, 어쩔 줄 모르는 아이들도, 맥없이 맞는 차돌이도 보고 싶지 않았다.

"이놈, 무슨 짓이냐?"

문이 벌컥 열렸다. 마루에 맹 훈장이 꼿꼿하게 서 있었다.

"못난 놈들, 한겨울 삭풍도 너희처럼 모질지는 않을 게다. 마음 속 얼음장이 왜 이리도 두텁더냐? 당장 종아리 걷어. 한 대, 한 대 맞을 때마다 마음 밭을 둘러 봐."

맹 훈장의 목소리가 떨렸다. 노기 띤 얼굴이 낯설었다. 굽힐 줄 모르는 고집과 물러날 줄 모르는 다부진 의기가 엿보여 다른 사람 같았다.

"범호, 너는 약한 사람을 괴롭힌 죄!"

"너희는 약한 사람이 당하는데도 모른 척한 죄."

"차돌이 너는, 스스로 돌보지 못하고 야무지지 못한 죄."

대나무 뿌리로 만들어진 회초리가 아이들의 종아리를 친친 감았다.

'내가 뭘 잘못했다고? 에잇, 차돌이 녀석 때문에 우리만 힘들어졌어.'

'저 양반 새끼 두고 봐. 우리가 당한 걸 꼭 맛보게 할 거야.'

아이들은 팔짝팔짝 뛰어오르며 속으로 분을 삭였다. 범호가 차돌이와 아이들을 험악한 눈으로 째려보자, 날쌘콩이 범호 뒤통수에 종주먹을 날렸다. 홍도는 묵묵히 매를 견뎠다. 차라리 들통 난 게 후련했다.

'영원히 나는 중간에 서야 할지 몰라.'

집으로 돌아가던 홍도는 마음이 심란했다. 더 이상 서당에 다니고 싶지 않았다. 차돌이를 미워하는 범호, 범호를 미워하면서도 저항하지 못하는 아이들, 자신에게 쏟아지는 폭력을 고스란히 감수하는 차돌이. 모두 싫었다. 약자의 비루함과 강자의 오만함. 강자의 비위를 맞추려고 약자를 짓누르고, 약자를 짓누르며 강자에게 보복을 맹세하는 비겁함. 역겨웠다. 그 중에서도 방관자인 자신이 가장 싫었다.

'스승님, 돌아가고 싶어요.'

홍도는 동네 서당에서조차 신분 차별이 거셀 줄은 몰랐다.

강세황은 명문가의 학자다. 그래도 스승은, 스승의 집안사람들은 신분에 차별두지 않았다. 막내아들인 빈이와는 동갑내기 소꿉친구로 놀았고, 위의 세 형들과도 친형제처럼 지냈다. 봄이면 스승 댁은 하얀 회로 말끔하게 벽을 칠했다. 스승은 새 단장한 벽에 반듯한 해서로 '愼勿壁書(신물벽서 : 낙서하지 마라)'라 써 놓았다. 그러면 기다렸다는 듯, 홍도와 빈이는 달려들어 스승의 글씨가 무색하게 낙서를 했다.

愼勿壁書

이놈, 낙서하면 혼난다.
아버지는 우리보고 낙서하지 말라고선 먼저 낙서했네.
스승님이 화내도 우린 하나도 안 무서워요.

금세 개와 고양이로 범벅된 벽을 보며 스승과 유 씨 부인은 껄껄 웃지 않았던가. 어쩌면 스승은 먼저 낙서하여 아이들에게 놀이마당을 깔아 주었는지 모른다.
  '스승이 이상한 걸까? 아니면 세상 양반들이 이상한 걸까?'
  어지러웠다. 스승 곁을 떠나 세상에 서야 한다면, 중인인 홍도는 어디에 서야 할까? 홍도는 어느새 신분뿐만 아니라 서당에서도 어느 곳에 속하지 못하는 외톨이였다. 홍도는 그 굴레를 벗어나고 싶었다.

홍도는 서당으로 발길을 돌렸다.

"맹 훈장, 서당을 접고 싶소?"

사랑채 댓돌에 비단신과 갖신들이 놓여 있었다. 그 옆에 놓인 맹 훈장의 짚신이 초라했다.

"맨 처음 평민 아이들을 모을 때 묵인한 게 잘못이야."

"풍아와 이익 어른이 앞장서 두고 보았더니, 이런 해괴한 일까지 생긴 겁니다."

마을 양반들이 몰려온 모양이다. 양반들은 맹 훈장을 거침없이 몰아세웠다. 놋재떨이처럼 카랑카랑한 맹 훈장의 목소리는 한 마디도 들리지 않았다.

"이번 일로 너도나도 배우겠다고 덤빌 텐데 얼마나 어처구니없는 일이오?"

"맹 훈장, 속량되었다는 종의 자식만 내보내면 더는 말하지 않겠소. 잘 알아들었으리라 믿고 우린 그만 가오."

수암동에서 온 나이 든 양반들이었다. 위풍당당한 양반들 뒤를 맹 훈장이 따라 나왔다. 사방관 아래 숱 적은 곱슬머리를 바투 튼 상투가 훤히 보이는, 옹색한 행색이었다. 오늘따라 삐죽삐죽 삐져나온 머리카락이 기운 없이 늘어졌다.

"후당골이나 수암동의 문제가 아니오. 나라 전체가 발칵 뒤집히는 일이란 말이오, 에헴!"

양반들이 골목 끝으로 사라졌다. 그 때까지 맹 훈장은 멀뚱멀뚱 허공만 바라보았다.

울타리 밖에서 지켜 보던 홍도는 돌아섰다. 저 멀리 산줄기에 잿빛 구름이 가득 걸쳤다. 아무래도 눈이 올 모양이다. 홍도는 스승이 보고 싶었다. 당장 스승을 찾아가, 이런 때는 어떻게 해야 하는지 묻고 싶었다. 무쇠 신을 신은 듯 발걸음이 천근만근 무거웠다. 옹색한 맹 훈장의 얼굴이, 허공만 쳐다보던 힘없는 눈길이 꾹꾹 가슴 속을 쑤셔 대었다.

특별 수업

홍도는 갓밝이에 집을 나섰다. 새벽바람이 날카롭게 귓불을 훑었다.

어젯밤 내내 맹 훈장이 꿈에 보였다. 맹 훈장은 절벽을 올랐다. 가파른 바위투성이였다. 머리는 풀어졌고 얼굴은 상처투성이였으며 바위 끝을 움켜쥔 손에서 피가 흘렀다. 겨우 정상 가까이에 닿아 올려다보니 하하하하! 양반들이 꼭대기에서 손가

락질했다. 웃음은 허공에 가득하고 회오리처럼 몰려다녔다. 웃음바람이 벼랑에 매달린 맹 훈장에게 돌진했다. 맹 훈장은 꼭대기로 올라서려고 발버둥을 쳤다. 겨우 꼭대기로 팔을 뻗는 순간, 으악! 맹 훈장이 떨어지고, 홍도는 외마디 비명을 지르며 일어났다.

"죄송해요, 훈장님. 저 때문에……."

글방에 차돌이가 먼저 와 있었다.

"저, 서당에 안 다닐래요."

"범호가 힘들게 해서 그러느냐? 양반들이 쫓아내라고 해서?"

"……. 공부하기 싫습니다. 제 머리통은 돌인지 아무리 읽어도 모르겠어요."

"독서백편의자현(讀書百遍義自見)이라 했다. 어려운 글도 백 번 읽으면 그 뜻을 저절로 깨치게 된다는 뜻이야. 그래서 서당에서는 다독생미(多讀生味)라 하여 백 번 강독하지 않느냐? 천천히, 즐거운 마음으로 공부해라."

"재미없는 걸요? 뒷산 밤나무에 사는 벌을 치는 것보다, 풍아 어른 댁 과수를 돌보는 것보다 재미없어요. 아버지는 왜 하기 싫은 글공부를 시키는지 알 수 없어요. 내 뜻이 아닌 길을 걷는 게 얼마나 힘든지 훈장님은 모르실 겁니다."

"글공부가 네 길이 아니라는 걸 확신하느냐? 확신이 들 때까지 해 봤어?"

"……."

맹 훈장과 차돌이의 대화는 길게 이어졌다.

홍도는 울보답지 않게 또박또박 제 생각을 말하는 차돌이가 놀라웠다. 말조리가 영락없는 그의 아버지였다.

"홍도야, 왜 그러고 있니?"

날쌘콩과 살살이가 마당에 들어서며 소리쳤다.

어느새 아침 해가 후당골 위에 떴다. 서당 아이들의 와글와글 떠드는 소리가 고샅길을 따라오자 왕왕왕, 이웃집 검둥개가 꼬리치며 달려갔다.

"얘들아, 약속 하나 하자꾸나. 다 같이 석 달만 공부하자!"

아이들이 자리에 앉았을 때 맹 훈장이 말했다. 맹 훈장 얼굴에 빛이 났다.

"나는 요즘 너희에게 무엇을 가르쳐야 할지 고민이다. 생각하고 생각해도 모르겠어."

"에잇, 훈장님. 모르면서 어떻게 가르쳐요?"

살살이가 회초리를 곁눈질하면서 툭 끼어들었다.

"너희, 청둥오리 봤지? 해마다 겨울이면 저수지로 날아오지 않든. 그 중에는 무리를 이끄는 앞잡이 새가 있단다. 앞잡이 새는 경험이 많아 무리가 옆길로 새지 않게 돕지. 그래도 실수도

하고 때로는 실패하면서 긴 여행을 할 거야. 스승은 그런 앞잡이 새란다. 별거 없어! 그러니 너희도 스승이 실수하면 봐줘야 해. 얘들아, 내가 하고자 하는 일이 옳은지 그른지 모르겠다. 하지만 다 같이 갔으면 싶구나. 우리 서로에게 기회를 주자, 딱 석 달만."

맹 훈장이 말끄러미 범호를 보았다. 범호는 고개를 외면했다.

"차돌아, 너도 석 달만 힘써 봐라. 그 안에 왜 공부해야 하는지 이유를 찾아보렴. 그래도 안 되거든, 네 아버지에게 내가 말하마."

"예에……."

차돌이의 목소리가 떨렸다. 맹 훈장이 빙긋이 웃자, 아이들도 고개를 끄덕였다.

"그런데요, 훈장님. 훈장님이 잘못하면 봐줘야 한댔잖아요. 하지만 그건 불공평합니다. 훈장님도 우리처럼 종아리를 맞아야 공평하지 않을까요?"

날쌘콩이 흥분하여 중치막을 들썩였다.

"좋다! 내 잘못하면 기꺼이 회초리 맛을 보마."

맹 훈장이 회초리를 방바닥에 내려놓았다.

"얼씨구! 얘들아, 훈장님이 뭘 잘못하나 지켜 보자."

"언제 꼭 종아리에 매운 맛을 봬 드려야지."

날쌘콩이 회초리를 낚아채어 방바닥을 탁탁 쳤다.

"예끼, 이놈."

모처럼 서당에 웃음이 쏟아졌다. 날쌘콩의 넉살에 범호도, 차돌이도 슬며시 웃었다.

"내일은 특별 수업을 하겠다. 대장간에 기별할 테니, 너희는 그 곳에서 공부해라. 홍도야, 대장간 그림을 그려 오련? 오랜만에 네 그림 좀 감상하자꾸나."

"훈장님, 서당에 안 와도 되겠네요. 우와, 저잣거리에서 실컷 놀자."

날쌘콩이 어깨춤을 덩실거렸다.

수암동 저잣거리에 있는 대장간은 추수가 끝난 겨울인데도 분주했다. 서당 아이들은 대장간을 기웃거리며 구경했다.

마침 심부름꾼 아이가 화로에 발풀무로 불을 지폈다. 바람이 들어갈 때마다 숯불이 잘 익은 홍시처럼 발그레 피어올랐다.

"쇠를 달구려면 화력을 높여야 해."

심부름꾼 아이가 거들먹거리며 쉼 없이 발질했다.

"그거 그네 타는 것 같다. 나도 해 보자."

날쌘콩이 재밌어 보이는지, 아이의 두건을 뺏어 쓰고 풀무에 올라섰다.

"나도, 나도."

"아냐, 날쌘콩 다음엔 내 차례야."

무던이와 살살이가 장난쳤다. 하지만 아이들의 서툰 풀무질에 불꽃이 사그라졌다.

"내려와. 쇳물만 버리겠다."

심부름꾼 아이가 서당 아이들을 제치고 풀무를 빼앗았다. 발에 익은 솜씨가 짜각짜각 경쾌했다. 다시 화로 안 불꽃이 환하게 피었다.

"쳇, 잘난 척하기는……."

서당 아이들은 우르르 메질하는 대장장이 옆으로 몰려갔다.

집게를 쥔 늙은 대장장이가 모루 위에 쇳덩이를 대 주면 젊은 두 대장장이가 커다란 메로 치고 있었다. 한 대장장이가 먼저 시뻘건 쇳덩이를 치면, 다른 대장장이가 박자를 이어 내리쳤다. 픽! 픽! 픽! 픽! 장단을 맞추는 메질 소리가 흥겨웠다. 힘찬 쌍메질에 대장장이들의 우람한 어깨가 불끈불끈 들썩였다. 늙은 대장장이가 노련한 손놀림으로 메질 따라 쇳덩이를 요리조리 돌렸다. 그러자 쇳덩이가 납작해지더니 모양이 드러났다. 그것을 물에 담그니 피시시식! 물 속에서 쇠가 끓었다.

"담금질을 잘해야 솜씨 좋은 대장장이가 되는 거야. 담금질을 못하면 쇠의 강도뿐만 아니라 성질도 버리거든."

풀무를 밟으며 심부름꾼 아이가 아는 척했다. 서당 아이들은 고개를 끄덕였다. 금세 새 낫이 만들어졌던 것이다.

"아저씨, 제가 갈게요."

무던이가 늙은 대장장이 손에서 무딘 낫을 받아 숫돌 앞에 앉았다. 그 틈에 볼 것 다 봤다고 여겼는지, "우린 놀러 간다."라고 말하며 날쌘콩과 살살이가 저잣거리로 달아났다. 무던이도 낫을 팽개치고 아이들을 따라 내뺐다. 남은 아이들은 쇠를 녹이고, 불을 다루고, 쇳덩이를 친 후 담금질하는 대장장이들을 지켜 보았다. 차돌이가 낫을 갈았다. 무딘 낫이 규칙적으로 숫돌을 오르내리자, 섣달 그믐달처럼 새파랗게 날이 섰다.

"금종아, 범호는 왜 안 왔니?"

애아범이 동갑인 범호를 걱정했다.

"'천한 것들이 하는 일을 뭣 하러 구경하느냐?' 고 쏘아붙였겠지 뭐."

허허가 허허 웃자, 금종이 벌게졌다. 그렇게 말했음에 틀림없었다.

홍도는 붓을 잡았다. 소박한 대장간, 우직스레 자기가 맡은 일을 하는 대장장이들을 종이에 옮겼다. 홍도의 손끝에 힘이 솟았다. 정겨운 미소가 불꽃처럼 피고, 대장장이들의 힘찬 메질 소리가 붓끝을 탔다.

"홍도, 최고다, 최고!"

붓을 쥔 홍도의 손을 따라 아이들 눈도 그림과 대장간을 오고갔다. 메질을 마친 대장장이가 들여다보자, 풀무질을 팽개치고 심부름꾼 아이도 달려왔다. 금종이와 차돌이도 눈을 떼지 못했다. 따사롭고 여유로운 대장간 풍경이 그림 속에 살아나고 있었다.

"어제 수업은 잘했느냐?"

다음 날, 맹 훈장이 아이들에게 물었다.

확인할 거라고는 생각도 안 했기에 아이들은 어깨를 움츠렸다. 아이들은 머리도 식힐 겸 실컷 놀다 오라는 뜻으로 여긴 것이다.

"내가 왜 대장간에서 공부하라고 했을꼬? 접장인 범호부터 말해 봐라. 무얼 보았느냐?"

"전 가지 않았습니다. 글을 읽는 양반이 천한 곳에 가서 무얼 보겠습니까?"

"그래서 결석했단 말이냐? 이런 고얀, 쿵쿵. 우리 금종이는? 너도 안 간 게냐?"

"아닙니다. 처음엔 대장간에 보낸 이유를 몰랐습니다. 그저 대장간 풍경이 정겹고, 바지런한 대장장이들을 보는 게 즐거웠습니다. 하지만 집에 돌아오면서 훈장님은 우리가 무얼 보고 느끼길 바랄까, 생각해 봤습니다."

"옳거니, 그래서?"

"대장장이들은 불을 지펴 쇠를 녹이고, 메질과 담금질로 쇠를 다루었습니다. 쇠의 성질을 어르고 쇠의 강도를 조절하는 연마의 과정이 있은 후에야 우리가 사용하는 물품이 나왔습니다. 저는 그제야 일상 용품이 많은 단계와 수고를 거쳐 만들어진다는 걸 알았습니다. 또한 사람 됨됨이도 그런 애씀이 있어야 하며, 그 연마의 과정이 바로 공부임을 깨쳤습니다. 물건이 생기는 이치와 사람 되는 이치가 같고, 그것이 대장간의 특별한 수업이었습니다."

"어찌 너는 하는 짓마다 어여쁘냐?"

맹 훈장이 벙글거렸다.

금종이와 비교된 범호만 눈을 부라렸다.

"홍도는 대장간을 그리며 무엇을 느꼈느냐?"

대장간 그림을 펼치던 맹 훈장이 쿵쿵거림을 멈추었다. 서당이 순간 조용했다.

"저도 금종이와 비슷한 생각을 했습니다. 그림이든 글씨든 악기든, 모든 것에는 힘겨운 수련이 있어야 한다는 걸 확인했습니다. 하지만 그 힘듦을 여유롭고 경쾌하게 그렸습니다. 힘은 들어도 무언가에 몰두하면 뿌듯한 보람이 있잖습니까?"

"그래, 그렇구나. 그림에 잘 표현되었어. 고된 노동인데도 기쁨과 흥겨움이 넘치는구나."

맹 훈장이 대견한 듯 홍도를 보다가, 차돌이에게 눈길을 던졌다.

"차돌이는 어떤 생각을 했는고?"

"모, 모르겠습니다. 대장간 일이 처음에는 재미있었는데, 나중에는 무지 힘들었어요. 풀무질하는데 더워 죽는 줄 알았거든요. 그냥 그 생각뿐 대장간과 공부가 무슨 관계인지 생각하지 못했습니다."

"그래, 못 느낄 수도 있지. 나머지 너희는?"

"저희는 조금 보다가 재미없어 놀러 갔습니다."

"손바닥 보듯 뻔한 대장간 일이 뭐 대수로운가요."

수업에서 도망쳤던 아이들이 머리를 긁적였다.

"이런 고얀 놈들, 겉만 안다고 속을 안 들여다봤구나. 쇠는 두드릴수록 강한 연장이 만들어지는 법이다. 그처럼 사물에 숨은 뜻을 찾아 자신을 벼리거라."

"예."

"그래, 알았다니 다행이구나. 그러면 수업을 내뺀 고약한 버릇엔 회초리가 최고라는 걸, 훈장의 정이 담긴 회초리를 맞

봐야 반듯한 놈이 된다는 걸 알렸다! 어제 결석하고 도망간 녀석들은 종아리 걷어."

"어휴, 훈장님!"

아이들이 동시에 외쳤다.

맹 훈장이 꿈쩍도 하지 않자, "에잇, 하루도 회초리 안 드는 날이 없다니까." 투덜거리며 아이들은 주섬주섬 바짓가랑이를 올렸다. 허허와 애아범이 쿡 웃자 컹컹컹, 마루 밑에 누워 있던 검둥이도 짖었다. 문 밖에선 소록소록 함박눈이 내리고 있었다.

금주령

섣달 그믐날 오후. 홍도는 묵은세배를 하러 후당골로 향했다. 며칠 전 함박눈이 내린 뒤라 온 세상이 하얬다. 눈을 한껏 짊어진 초가들이 의좋게 모여 있고, 낮은 굴뚝에선 연기가 모람모람 피어올랐다. 미루나무 위 까치들도 까치설날임을 아는 듯 까까깟! 날갯짓이 신명났다. 하얀 길을 걸을 때마다 까치 울음이 묻어났다.

"홍도야, 지난여름은 참 힘겨웠쟈? 일신우일신(日新又日新)이라 했으니, 새해는 기쁜 날로 가득할 거다. 표암도 새롭게 태어날 게야."

맹 훈장도 강세황을 그리워했다. 둘은 당장이라도 송림사로 달려가 강세황의 두 손을 감싸 쥐고 싶었다. 그러나 송림사로 가는 길은 아득했다. 넘어지면 코 닿을 거리이건만 한 번 끊긴 발길은 천리보다 멀었다.

어스름 저녁이 되자, 조족등을 든 금종을 앞세우고 범호가 왔다.

"훈장님, 아버지가 제사에 쓰시랍니다."

따라온 하인이 술 단지를 내놓았다. 제법 큰 술 단지였다.

"끙끙, 금주령으로 제삿술 빚기도 어려운데 귀한 걸 번번이 보내 주는구나."

맹 훈장의 목소리가 번들거렸다. 술이라면 자다가도 깨는 애주가답게 코를 발름거렸다.

"훈장님, 우리는 사당에 묵은세배를 드려야 해서 가 보겠습니다."

맹 훈장의 덕담이 끝나자, 범호와 금종이 일어섰다. 홍도도 따라 나섰다.

서당을 나서니, 희끗희끗 눈발이 나리기 시작했다. 어둠 속에 마른 미루나무 형체만 하얀 눈빛에 반사되어 도드라졌다. 어둑한 길에 초롱불이 어룽거렸다. 묵은해가 어둠 속으로 떠나고 있었다.

새해가 밝자마자, 아이들은 새세배를 다니느라 바빴다. 정월 초하루부터 대보름까지 새해 인사를 올려야 하기 때문이다. 홍도도 첨성촌에 사는 이익한테 인사를 갔다. 지지난해 유 부잣집 환갑잔치에서 뵙고 처음이었는데, 이익은 여든이 가까운 할아버지답지 않게 강건했다. 다음날은 부곡동에서 5리 떨어진 유경종을 찾아뵈었다. 유경종은 강세황의 매제이며 둘도 없는 친구 사이다. 강세황이 떠나자, 그는 빈 사 형제를 돌보고 있었다.

"홍도야, 아버지가 종종 글씨는 쓰신대."

빈이 기쁜 소식을 전해 주었다.

"정말? 거짓 아니지?"

"으응!"

빈이 고개를 끄덕였다. 홍도는 뛸 듯 기뻤다. 새봄이 오면 서당을 떠나 스승한테 돌아가야지!

홍도가 폴짝폴짝 뜀뛰며 집에 돌아오는 길이었다. 금종이와 차돌이가 저잣거리에서 허겁지겁 달려왔다.

"홍도야, 훈장님이 관가로 잡혀 갔어."

"왜?"

"훈장님이 금주령을 어겼대. 비틀거리며 인사를 다니다 길에서 걸렸대. 지금 나졸들이 서당을 뒤진다고 몰려갔어. 그것뿐이 아냐. 김 서방도 곡주를 만들었다고 잡혀 갔어. 알지도 못하는 술독이 김 서방네 굴뚝 옆에서 나왔대."

홍도는 아득했다. 금주령을 어기면 목숨까지 위태롭다. 맹훈장은 그걸 알면서도 술을 마신 걸까?

지난 을해년(1755년)에는 여름 석 달 동안 장마가 줄기차게 내렸다. 수재민이 헤아릴 수 없었고, 백성들은 끼니도 못 채우며 한 해를 보냈다. 그러나 사대부 양반들은 달랐다. 사내의 복식은 날로 화려해졌고, 여인의 가채는 집 한 채 값이 나갈 정도로 사치스러웠다.

어느 날, 임금(영조)은 밀행을 나왔다가 밤늦도록 흐드러지게 잔치를 벌이는 양반집을 보았다. 같은 마을의 구석진 초가에서 아이가 배고프다고 칭얼거리는 것을 보고 온 참이었다. 사대부가 솔선수범하여 절약하고 가난한 사람에게 베풀기를 바라던 임금에겐 충격이었다. 그 날 밤 궁에 들어온 임금은 잠을 이루지 못했다.

1756년(병자년) 새해가 되자, 임금은 포고를 내렸다.

사대부 집안 여자들의 가발을 금하고 족두리를 쓰도록 하라.

임금은 풍년을 기원하며 간절히 하늘 제를 올렸다. 그러나 이번에는 가뭄이 조선 땅을 덮쳤다. 백성들의 마음은 논바닥처럼 갈라지고 싯누런 이삭처럼 타들어갔다. 임금도 마찬가지였다. 무언가 획기적인 조치를 취해야 했다. 농사를 못 지으면 쌀이라도 아껴야 한다. 쌀을 가장 많이 소비하는 것은? 술, 술을 없애야 한다. 양반가에 넘쳐나는 술독을 깨뜨려야 한다.

조선의 술은 대부분 곡주였다. 물론 과일주도 조금 있었으나, 엄청난 양의 쌀이 술로 허비되었다. 임금은 급기야 1756년 7월 2일 금주령을 내렸다.

금주령을 엄히 지키도록 하라. 명령을 어기고 술을 빚는 자는 섬에 유배시키고, 술을 마시는 선비는 귀양 보내라. 중인이나 서민(여기에서는 서얼, 서자를 말한다.)이 어길 시에는 천인과 다름없는 수군에 배속시키며, 일반 백성은 작은 고을의 노비로 삼으라. 또한 한양 사대문 안의 백성이 금주령을 어기면 노들강변에서 효시하라.

전에도 임금은 수시로 금주령을 내리곤 했다. 그러나 일시적이었으며 단속도 소홀했다. 하지만 이번엔 달랐다. 물론 노인이 병이 나서 약으로 쓰거나, 제사로 쓰일 것 조금은 예외였다. 그래도 제삿술을 감주로 대체하도록 장려하는 터였다.

서당은 벌집을 쑤셔 놓은 듯했다. 집안 물건은 나뒹굴고, 사랑채뿐만 아니라 집안 곳곳이 도둑이 휩쓸고 간 것처럼 처참했다. 꽁꽁 언 장독대 밑과 무와 배추를 묻어 둔 구덩이도 파헤쳐 있었다. 살살이와 무던이는 난생 처음 당하는 봉변에 놀라 덜덜 떨고, 날쌘콩은 씩씩거리며 애아범과 허허랑 물품들을 치우고 있었다.

"나졸들이 증거물로 술 단지를 가져갔단다. 금종아, 이 일을 어쩌면 좋니?"

사모님은 반쯤 넋이 나가 있었다.

"혹시 범호가……. 그래서 안 보이는 거야?"

"아, 아냐. 뭔가 오해가 있나 봐. 우리 집 제삿술이라고 밝히면 될 거야. 김 서방도 무슨 쌀이 있어 술을 만들겠어? 오해가 풀리면 모두 나올 거야, 틀림없어."

아이들의 맵찬 말씨에, 금종이 시르죽어 마루에 걸터앉았다.

산고개로 떠오르는 달을 보며 이웃집 검둥개가 컹컹 짖었다. 성질 급한 동네 아이들은 논두렁 밭두렁으로 나가 쥐불을 놓았다. 정월대보름이 다가오고 있었다.

새벽어둠이 걷히자마자, 아이들은 관아로 달려갔다.

"누구 없어요? 문 좀 열어 주세요."

관아는 조용했다. 문은 닫혔고 문지기도 보이지 않았다. 아이들이 거세게 대문을 두드렸다.

"이놈들, 무슨 짓이냐?"

자다가 깬 듯 하품을 늘어지게 하며 나졸이 나왔다.

"어제 금주령을 어겼다는 훈장님이 잡혀 왔지요? 그분과 만나게 해 주오."

"금주령을 어긴 사람은 만날 수 없습니다."

나졸이 금종의 옷차림을 훑어보며 존대했다.

"훈장님은 금주령을 어길 분이 아닙니다. 그러니 들여보내 주십시오."

애아범이 나서자, "어허, 안 된대도." 나졸이 호통을 쳤다. 행색에 따라 말본대가 달랐다.

"뭔가 잘못됐어요. 그러니 만나게 해 주시오. 아니, 원님이라도요."

허허가 사정하고 살살이와 무던이가 나졸에게 매달렸다.

"우리 원님도 얼마나 애타는지 아느냐? 정월부터 금주령을 어겼으니 백성들을 훈도하지 못한 죄로 목이 날아간 판이야."

나졸은 아이들을 뿌리치고 문을 쾅 닫았다.

"무엇이 잘못되었는지, 훈장님이 왜 만취하여 세배를 다녔는지 이유를 알아야 해. 뭔가 냄새가 나, 아주 지독한 구린내가."

날쌘콩이 이맛살을 찌푸렸다. 아이들은 망연히 서 있었다.

그 날 밤, 아이들은 관아 뒷담 아래로 모였다. 대문 앞은 나졸이 지키고 있었다.

"낮에 계획한 대로 하는 거야."

애아범이 나졸들을 살피며 나직이 말했다.

차돌이가 숯이 든 조롱박을 내놨다. 구멍이 숭숭 뚫린 조롱박 안에 불을 붙이자, 불꽃을 숨기고 있던 숯이 발그레 살아났다. 휙휙, 줄에 매단 조롱박을 아이들이 돌렸다. 그럴 듯한 쥐불놀이 장난감이었다.

"됐어. 자, 가자!"

애아범의 신호가 떨어지자 무던이, 살살이, 날쌘콩이 대문 앞으로 달려갔다. 애아범과 차돌이, 홍도는 대문과 가까운 나무 뒤에 숨었다.

"쥐 나와라."

"쥐 나와라."

아이들이 쥐불놀이 조롱박을 빙빙 돌렸다. 빙글빙글 불꽃이 돌고, 아이들의 외침이 하늘로 솟았다.

"이놈들, 불나면 어떡하려고 관아 앞에서 불놀이야!"

나졸들이 달려 나왔다. 쥐 나와라, 쥐 나왔다! 쥐 나와라, 쥐 나왔다! 아이들이 나졸들한테 잡힐 듯 잡힐 듯 장난치는 사이,

날쌘콩이 대문을 퉁탕거렸다.

시끄러운 소리에 대문이 열리고 몇몇 나졸이 나왔다. 날쌘콩이 잽싸게 달아나며 휘파람을 불자, 숨었던 애아범과 차돌이, 홍도가 안으로 들어갔다. 나졸들은 쥐불놀이를 하며 담 모퉁이로 달아나는 아이들을 쫓는 중이었다. 나졸들이 모퉁이를 도는 순간, 등롱을 든 허허와 금종이 앞으로 나와 부딪혔다.

"이런, 눈을 어디에 뜨고 다니는 건가?"

금종이 기세 좋게 소리쳤다. 비단 도포와 복건으로 치장한 금종은 누가 봐도 인물 좋은 양반 댁 귀공자였다.

"도, 도련님, 죄송합니다."

나졸들이 급히 머리를 조아렸다.

"내 옷 꼴 좀 보아. 흙 범벅이잖은가? 자네 일부러 나를 골탕 먹인 게지?"

"아, 아닙니다. 저희는 저 녀석들을 쫓다가……."

"대보름에 쥐불놀이하는 것은 당연하지 않은가? 아이들이 노는 것도 마음대로 못 해?"

"그게 아니옵고, 관아 앞에서는 불놀이를 금합니다."

"시끄럽네. 자네가 변상하지 않으려 변명이 많군. 자네들도 모두 이리 와 봐."

금종이 목소리를 높였다. 나졸들은 허리를 굽히며 사죄하

고, 아이들은 쥐 나와라, 쥐 잡았다! 쥐 나와라, 쥐 잡았다! 뱅글
뱅글 조롱박을 돌리며 부산스레 맴돌았다.

"쳇, 못난 녀석들이 용쓰는군."

범호였다. 범호가 멀찍이 숨어 아이들을 지켜 보았다.

'훈장님은 왜 저들을 받아들이는 거야. 양반집 자제를 가르
치면 궁핍하지 않고 편하게 살 텐데. 저토록 곤욕을 치르지 않
아도 될 텐데……. 어휴, 겨울 옥살이가 만만치 않을 텐데 잘
견딜까? 이게 다 양반들과 맞서는 김 서방 때문이야. 바보 같은
김 서방…….'

맹 훈장이 걱정스러웠다. 그렇다고 아이들과 소란을 피울
수는 없다. 범호는 저들과 다른 양반이다. 범호는 마음이 쓰렸
지만 씁쓰레 돌아섰다.

관아는 아이들이 생각했던 것보다 넓었다. 현감이 집무를
보는 동헌과 외국 사신이나 다른 지방에서 온 벼슬아치들이 묵
는 객사가 보였다. 창고 뒤쪽에 옥사가 있었는데, 다행히 옥을
지키는 문지기가 없었다. 원래 없는 것은 아닐 텐데, 잠깐 볼일
을 보러 갔거나 아니면 바깥에서 소란을 피우는 아이들을 막으
러 갔는지도 몰랐다. 아무튼 운이 좋았다.

"훈장님!"

옥 안 구석에 맹 훈장과 김 서방이 있었다.

"너희가 웬일이냐? 여기 오면 안 돼."

맹 훈장은 하룻밤 사이에 몰라보게 초췌해졌다. 목도 쉬어 쉿소리가 가랑거렸다. 김 서방이 누워 있던 맹 훈장을 일으켜 앉혔다.

"훈장님, 어쩌다가 이러셨어요?"

"모르겠다. 양반 댁에 들를 때마다 후하게 술대접을 받았지 뭐냐? 그걸 사양 않고 주책없이 다 받아 마셨어. 아마 여러 집에서 마셨지. 길을 나서는데 정신이 몽롱하더니 더는 기억이 없었단다. 내 죄다, 몸 하나 관리 못하여 너희에게 못난 꼴을 보이는구나."

맹 훈장은 의기소침했다. 장난기 많던 얼굴을 찾아볼 수 없었다.

"아버지!"

"괜찮다. 걱정할 필요 없어."

차돌이가 울먹이며 다가가자, 김 서방이 웃으며 다독였다.

"아버지, 저 서당에 안 다닐래요. 그러면 이런 고초를 안 겪잖아요!"

"시끄럽다. 차돌아, 잘 들어라. 아비는 청나라에서 똑똑히 보았다. 중국인들과 양인들이 한자와 서양말로 대화하는 것을. 그들은 언어로 세상을 잇고 있었다. 말과 글은 생각을 주고받고 마음을 교환하는 도구이다. 더구나 글은 한 번 깨치면 자취도 없이 사라지는 말을 붙잡을 수 있다. 그러니 글을 배워라."

홍도는 감동 어린 표정으로 김 서방을 보았다. 김 서방은 조근조근 차돌이를 타일렀다.

"차돌아, 벼슬자리에 오르라는 게 아니야. 네가 하고자 하는 농사만 해도 그래. 다른 이의 농사법이나 다른 나라의 농사를 들여다보며 새롭게 연구할 수 있지 않겠니? 글공부는 더 깊은 세계로 이끌 길잡이다. 그래서 너를 무리하게 서당에 보내는 거야. 아비도 이제는 큰 욕심 부리지 않으마. 대신 너는 어려움에 부닥쳤을 때 꼼수를 부리거나 회피하지는 말아 다오. 이젠 그만 울어, 훌쩍거리기엔 다 컸잖니?"

김 서방이 차돌이 손을 꽉 잡았다. 차돌이는 아버지의 강한 힘을 느꼈다.

"예, 아버지. 알겠습니다."

차돌이는 주먹 쥔 손으로 눈물을 닦았다.

"저희가 꼭 구해 드릴게요. 원님한테 말하면 곧 풀려나실 겁니다."

"아니, 일을 크게 만들지 마라. 어서 가, 들키기 전에!"

맹 훈장이 손을 내저으며 아이들을 쫓았다. 애아범의 눈이 벌게졌다. 차돌이는 옥에 매달려 흐느꼈다. 홍도는 인사를 올리고 옥을 나왔다.

관아 밖에는 여전히 금종이와 허허가 나졸들을 붙잡아두고, 다른 아이들은 그 주변을 돌고 있었다. 나졸들은 정신이 쏙 빠진 듯했다. 휘익, 애아범이 휘파람을 불자, 쥐 잡았다! 쥐 잡았다! 조롱박을 돌리며 아이들은 흩어졌다.

"내 이번만은 자네들의 실수를 눈감아 주겠네. 앞으론 조심하고, 가 보게나."

금종이 아량을 베풀듯 나졸에게 말하자, 나졸들은 연신 굽실거렸다.

"훈장님과 김 서방은?"

허허와 부리나케 돌담 아래로 달려온 금종이 물었다.

"양반들이 골탕 먹인 거야. 가는 집마다 술을 대접하더래. 그러고는 관아에 밀고했겠지."

"맞아, 모함이야."

"그렇다면 혹시……. 금종아, 네 아버지와 범호도 아는 거 아니야?"

금종이 새파래졌다.

"설마, 그럴 리 없어. 범호가 서당엔 마지못해 다녔어도 훈장님을 잘 따랐잖아. 범호네 할아버지와 훈장님은 죽마고우인데 그런 짓을 했을라고? 차돌이 아버지가 아무리 괘씸해도 한 집에서 살았는데 모함했겠어?"

아이들은 고개를 저었다. 터럭만큼도 믿고 싶지 않았다.

승경도 놀이

집으로 오는 내내 금종의 마음은 한없이 휘청거렸다. 아버지와 형이 꾸몄을 리 없다고 수만 번 고개를 저었다. 그래도 불쑥불쑥 내미는 의심의 싹을 잘라 낼 수 없었다. 아버지와 형을 옹졸한 사람으로 몰아가다니, 자신을 책망하며 어금니를 깨물었다.

조선은 온전한 양반만이 살 수 있는 세상이다. 양반만 벼슬자리에 오를 수 있고, 양반만이 하고자 하는 바를 이룰 수 있다. 서자인 금종이 무언가를 하고자 하면 세상은 규율과 권력으로 압박했다. 양반 사대부들의 규율과 권력은 갖가지 모순으로 뭉쳐 있지만, 정작 그들에겐 철통같이 단단하고 완벽한 보호막이었다. 신분의 벽에 가로막힐 때마다 금종은 좌절했다. 해결할 힘이 없는 막막함에 때로는 울분을 쏟았다. 그러나 이내 체념할 수밖에 없었다. 금종은 대신 자신이 옴짝거릴 수 있는 울타리 안에서 무언가를 찾고자 했다. 포기라면 포기이고, 세상과의 타협이라면 타협인 그 길. 길은 그것밖에 없었다.

'노비 아이가 서당에 다니는 것이 천지개벽하는 일일까? 양반의 체면을 손상시키고 그들의 영역을 넘보는 도전일까?'

금종은 김 서방이 놀라웠다. 차돌이를 험한 소용돌이 속으로 몰아넣다니. 옥에 갇혀서도 잘못한 게 없으니 거칠 게 없다는 듯 당당하더라는 김 서방. 김 서방은 차돌이를 서당에 입학시킨 동짓날부터 하루도 거르지 않고 아버지를 찾아왔다.

"근본은 노비이나 평민이 되었으니 글공부의 길도 터 주십시오."

김 서방은 오전 내내 사랑채 앞뜰에서 무릎 꿇고 사정했다. 그러나 금종이 보기에 김 서방의 행동은 사정이 아니라, 자신의 몫을 누리겠다는 시위였다. 무언가 새 길을 트는 사람들은 험한 비바람을 맞아야 할까? 비바람에 꺾인다고 해도, 언젠가는 그 비가 그칠 날이 오리라는 것을 그들은 확신하는 걸까? 그렇다면……. 금종은 두 주먹을 불끈 쥐었다.

사랑채가 환했다. 금종은 헛기침하여 기척을 알렸다.

"밖에 누구냐?"

이 진사의 맑은 목소리였다. 금종은 무릎을 꿇었다.

"범수입니다. 아버님, 훈장님과 김 서방을 풀어 주십시오."

사랑문이 덜컥 열렸다. 환한 빛이 금종의 머리 위로 쏟아졌다.

"아버님, 형님이 차돌이를 하찮게 여기는 거나 저를 멸시하는 것은 참을 수 있습니다. 하지만 훈장님마저 곤경에 빠뜨릴 순 없습니다. 아버님, 그건 옳지 않습니다. 자신의 것을 지키려고 다른 이를 모함하는 것은 용서할 수 없습니다. 사람은 모두 귀하지 않나요? 신분이 무슨 소용이에요? 저는 신분으로 차별하는 이 세상, 이 불공평한 세상을 뚫고 나가겠습니다. 제 울타리를 벗어나 어른들이 만들어 놓은 수많은 모순덩어리를 깨뜨리겠습니다."

금종이 가슴 속을 열어젖혔다. 이제껏 웅크리고 있던 설움과 울분이 봇물처럼 터졌다.

"고얀 놈, 세상 법도가 그리 호락호락하고 만만한 줄 아느냐? 당장 네 처소로 돌아가."

이 진사가 거칠게 문고리를 잡아당겼다. 말간 창호지에 불빛이 흔들렸다. 된바람이 살 속까지 파고드는 밤이었다.

"범호야, 네가 증언해 줘. 훈장님 댁에서 술 빚은 게 아니라고. 술 단지는 네가 갖다 준 거라고. 우리가 말해도 소용없어."

다음 날, 아이들이 범호를 찾아왔다.

범호의 방은 책거리 그림이 병풍으로 서 있고, 진귀한 책들이 즐비했다. 범호는 양반아이들과 승경도 놀이(조선시대 벼슬 이름을 도표로 만들어놓고 양반집 아이들이 놀던 놀이)를 하고 있었다. 양반아이들이 떨떠름한 표정으로 서당 아이들을 훑었다.

"내가 말한다고 무슨 소용 있겠니? 훈장님이 약주를 드신 걸 보지도 못했고, 또 그 술이 우리 집 건지 어떻게 알아?"

범호가 시큰둥하게 대꾸하고 말을 던졌다.

"아하하하, 윷이다."

"이런, 벼슬이 한성판윤에서 병조참판으로 올라가네. 분발 해야겠군, 이러다 내 벼슬자리를 꿰차겠어."

양반아이들은 시시덕이며 놀이에 열중했다.

"그런 말이 어딨어? 훈장님이 나랏일을 어길 분이 아니잖아."

"그래? 그런데 왜 노비 녀석을 서당에 들일까? 얘들아, 너희 도 그렇게 양반이 되고 싶니? 평온한 사회 질서를 거스르며 벼 슬자리에 오르고 싶어? 아, 그렇다면 승경도 놀이 해 볼래? 금 종아, 어때? 외관 말직이라도 맛보지."

범호가 승경도 놀이판과 말을 서당 아이들 앞으로 밀었다.

금종이 주먹을 쥐었다. 아이들이 붉으락푸르락하자, 양반아 이들이 키득거리며 말을 던졌다.

"엇, 사약이다! 으하하하하, 이조참판, 정승까지 고속 승진 하더니 꼴좋다."

양반아이들의 웃음은 거칠 것이 없었다.

"신동화가 김홍도, 거기에 끼다니 아쉽다. 너도 벼슬자리가 목표니? 어진화사가 되어 말단직이라도 얻으려나 보지? 그럼, 너도 한번 해 봐. 넌 틀림없이 조선 최고의 화가가 될 테니 미리 체험하는 것도 괜찮을 거야. 얘들아, 어때? 김홍도쯤이면 우리 승경도 놀이에 끼워줄 만하잖니?"

"그래. 우리도 시회를 열 때 화가 한 명이 있으면 좋지. 게다가 김홍도는 시도 잘 짓고 악기도 몇 개 다룬다며? 어이, 김홍도, 이리 와."

양반아이가 자리를 내어 주었다.

"에잇, 더러워서!"

날쌘콩이 부르르 떨며 일어나 승경도 놀이판을 걷어찼다.

홍도도 더 이상 참을 수 없었다. 중간치 중인. 그것은 신분으로 족했다. 아니다, 중간치 중인도 이제는 조선에서 어엿한 전문인으로 자리매김하지 않는가. 역관, 의관, 율관, 천문관, 화원 등. 그들은 결코 부끄럽지 않은 재능과 역량을 가진 자들이다. 이제 홍도는 자신의 태도를 분명히 해야 했다. 양반아이의 눈치나 보고 평민 아이들을 모른 척하는 중간치 인생을 살아서는 안 된다. 어느 한쪽을 접고 어느 길이든 하나를 선택해야 한다.

"난 그깟 벼슬에 관심 없어, 더 큰 꿈이 있거든. 난 그림으로 세상에 우뚝 설 거야. 그래, 비웃겠지. 환쟁이 그림으로 무얼 하겠어? 그러나 형도 우리를 비웃지 못할 날이 올 거야. 신분으로 차별한 것이 부끄러워 고개도 못들 날이. 범호 형, 좁쌀보다 작은 생각으로, 벼룩의 간보다 좁은 마음자리로 백성을 다스리는 관리가 된다고? 정승 판서가 되면 뭐 해? 그 마음자리에 천하고 볼품없는 백성들이 들어갈 수 있을까? 나 잘났다고 뽐내며 군림하겠지."

"무엇? 이놈이!"

범호가 홍도에게 달려들었다. 금종과 차돌이가 앞을 막았다. 애아범, 허허, 살살이와 무던이가 홍도를 에워쌌다.

"이것들이 지금 뭐 하는 거야?"

양반아이들이 일어섰다. 두 무리의 눈빛이 시퍼런 날로 번뜩거렸다.

홍도는 씩씩거리며 정곡 산등성이를 탔다. 햇살이 쨍쨍했지만 숲은 어둡고 험했다. 골바람이 살을 할퀴어도 홍도는 추운 줄 몰랐다. 눈앞이 뿌옇어서 미끄러지고 바위에 걸려 넘어져도 아픈 줄도 몰랐다. 서럽고 분했다. 이 진사의 불호령이 아니었더라면 아이들은 패싸움을 벌였을 것이다. 눈물이 쉼 없이 볼을 타고 흘러내렸다.

"스승님!"

"홍도야, 대체 무슨 일이냐?"

송림사 선방에서 글씨를 쓰고 있던 강세황이 홍도를 그러안 았다. 홍도는 품에 안겨 엉엉 울었다. 그리움과 야속했던 마음 과 억울한 심정이 하나 되어 어리광으로 쏟아졌다.

"왜 이리 꺼칠해졌느냐? 편식을 하는 게야, 마음 앓이를 하 는 게야?"

"스승님이 더 까칠해요. 매일 풀밖에 못 드셔서 그러셔요?"

강세황이 껄껄 웃었다. 빈과 홍도가 벽에 낙서하거나 장난 칠 때면 스승은 살금살금 다가와 놀래곤 했다. 그러고는 껄껄 웃으며 말했다.

"얘들아, 내 얼굴이 원숭이 같지 않냐? 웃을 때는 꼭 원숭이 같지?"

홍도는 오랜만에 스승의 원숭이 웃음을 보니 서러움이 가셨다.

"스승님, 글씨 쓰셨어요?"

그제야 홍도는 선방을 둘러보았다. 깔끔한 성격답게 방은 정갈했다. 검소한 문방사우만 있을 뿐, 책도 몇 권 되지 않았 다. 종이에는 글자가 쓰여 있었다. 색다른 글씨체였다. 넓적한 글씨체가 보름달처럼 넉넉하고 여유로웠다.

"그래, 요즘은 느림보 달팽이처럼 전서를 배우고 있단다."

예서, 해서, 행서, 초서 등 글씨란 글씨는 최고의 경지를 이 룬 강세황이다. 그런 그가 아픔을 딛고 새로운 세계에 도전하고 있었다.

'스승님은 전서에서도 통달하겠지.'

홍도는 뿌듯했다. 그러나 자신이 한 것은 아무것도 없었다. 서당 아이들과 잘 지내지도 못했고, 그림도 변변히 그린 게 없다.

"홍도야, 천천히, 느긋하게 달팽이처럼 가렴. 서두를 것 없다. 마음이 바쁘면 욕심이란 놈이 슬며시 자리차고 눌러 붙느니라. 게으른 달팽이가 소풍가듯 네 길을 가렴. 다리가 아프면 나뭇잎에서 쉬고, 목이 마르면 샘가에서 머물다 가도 돼."

스승은 앉아서도 천리를 보나 보다. 홍도의 마음 속이며 서당에서의 생활까지 꿰뚫었다.

"……."

홍도는 잠자코 방 밖을 바라보았다. 한 마디라도 뱉으면 하소연이 줄을 이을 것이다. 뒤뜰에서 피리 소리처럼 대나무가 서걱거렸다. 따사로운 햇살이 절간을 비추었다.

"홍도야, 저 구름 좀 보아라."

스승이 청명한 하늘을 가리켰다. 건너편 산 위로 구름이 지나며 그림자를 드리웠다. 스승과 제자는 어둠이 절간에 스미고, 호롱불이 법당에 켜질 때까지 그대로 앉아 있었다.

밤이 이슥했다. 범호는 고샅길에 홀로 서 있었다. 서당은 어두컴컴했다. 아이들의 쉴 새 없는 재잘거림. 제대로 공부하지 못하느냐, 코를 꿍꿍거리며 쉿소리로 닦달하던 스승의 목소리. 모두 사라져 버렸다.

어릴 적부터 범호의 재롱을 지켜 보던 맹 훈장이었다. 엄히 교육시키던 할아버지나, 바깥세상에만 관심 있던 젊은 아버지는 한 번도 범호를 무릎에 앉힌 적이 없었다. 그러나 맹 훈장은 어린 범호를 무릎에 앉히고는 홍시나 다과를 먹이곤 했다. 그 따스한 정 때문에 범호는 서당을 떠나지 못했다. 범호는 웃으면 보이지 않던 맹 훈장의 세모눈이 보고 싶었다.

'나쁜 자식들, 저희만 제자인가? 나보고 어쩌라고.'

오전에 양반아이들 앞에서 맞서던 서당 아이들한테 화가 치밀었다.

'금종이와 홍도까지 한편이 되어 몰아붙이다니. 차돌이 녀석, 이젠 겁도 없어졌더군.'

입 안이 썼다. 한숨을 푹 내쉬며 고샅길을 돌아섰다. 등불도 없이 좁은 밤길을 걷는 게 서툴고 버거웠다.

집에 오니, 사랑채에서 이 진사가 책을 읽고 있었다.

"아버지, 훈장님을 꺼내 주십시오. 어쨌거나 제 스승이온데, 곤경에 처한 것을 볼 수 없습니다. 곧 할아버지가 오시면 역정이 대단할 겁니다. 저 때문에 아버님이 곤경에 처하는 것도 싫습니다. 차라리 제가 서당에 안 가겠습니다. 그깟 종 녀석 하나가 서당에 다닌다고 이 나라의 근본이 흔들리겠습니까? 할아버지와 이익 어른께서도 허락하지 않았습니까? 마을 어른들을 설득하여 주십시오. 사실 속량되었으니 차돌이도 서당에 다닐 자격은 있습니다."

범호는 벼르던 말을 고했다. 편했다. 마음을 트니, 엄청나던 일들이 별거 아니게 느껴졌다.

"흐음……."

이 진사는 묵묵히 책만 보았다. 형방의 낭패스러운 얼굴이 떠올랐다. 오늘 낮에 이 진사가 관아에 들렀을 때였다.

"나리, 맹 훈장을 이쯤에서 내보내면 어떻겠습니까? 현감께 사실대로 말씀드리지요. 나리 댁에서 가져온 술이고 맹 훈장은 이 집 저 집에서 제삿술을 마신 거라고요."

"왜? 맹 훈장이 우리 집 술이라고 우기던가?"

"웬걸요. 맹 훈장도 김 서방도 뺑끗하지 않습니다. 금주령을 어긴 죄인이니 벌을 달게 받겠다는 걸요. 하지만 현감께서 의심합니다. 훈장과 농부의 집에 고급 약주를 만들 쌀이 있겠느냐고요. 혹여 현감이 재조사하면 그 불똥이 나리 댁과 다른 양반 댁으로 옮겨 갈 수 있습니다. 제삿술도 엄격히 금하잖습니까?"

형방은 금주령 단속을 엉터리로 한 게 들킬까 봐 전전긍긍했다. 하긴 맹 훈장이 억울하다고 하면 문제가 삐걱거릴 수 있다. 더구나 금강산 유람에서 아버지가 곧 돌아올 것이다.

"알았다. 어른들의 일이니 너는 마음 쓰지 마라."

이 진사가 결심한 듯 범호에게 말했다. 범호는 가슴 속 돌덩이를 내려놓은 듯 가벼이 사랑에서 물러나왔다.

산 속의 아침은 고즈넉했다. 홍도는 아침 봉양을 마치자, 스승에게 절을 올렸다.

"오냐! 조심해서 내려가거라."

스승의 눈가에 눈물이 맺혔다. 홍도도 엎드린 채 쉬이 일어나지 못했다. 홍도는 알았다. 다시는 스승한테 배울 수 없음을. 이것이 마지막 인사였다.

홍도는 천천히 송림사 소나무 숲길을 걸었다. 스승의 눈길이 꼭뒤에 느껴졌다.

"홍도야, 이 스승을 뛰어넘어야 한다!"

스승은 어제 구름 그림자를 보며 말했다.

"'속기(俗氣) 없는 문기(文氣)'는 내 평생 추구할 바란다. 속기가 구름이라면 구름 그림자는 문기라 하겠지. 존재하지 않을 것 같지만 구름 그림자는 저렇듯 분명히 형체가 있잖니. 존재하면서도 존재하지 않는 것, 그러나 결코 천박하거나 가볍지 않은 것, 그게 문자향(文字香)이야. 이것은 여백의 미와도 연결된단다. 없음에서 나오는 충만함과 빈 공간에서 우러나오는 깊이. 여백은 비워 둔 게 아니라 그림을 채운 거야. 산학(算學)에서 말하는 필요충분조건이랄까? 그게 여백의 역할이란다."

홍도도 그림의 여백을 들여다보면 그냥 놔둔 공간이 아니라 교묘히 어우러지게 장치한 것임을 느끼곤 했다. 어떤 때는 여백으로 인해 그림의 경지가 한층 높아졌다. 그게 조선 그림의 매력이었다.

하지만 홍도는 의문이 들었다. 속기가 나쁜 것일까? 속기가 그렇게 경박하고 깊이 없는 것일까? 홍도는 문기에만 머물고 싶지 않았다. 홍도에겐 온 세상이 그림판이었다! 모든 게 그림의 소재였고, 모든 소재가 다 탐이 났다. 문자향이 그윽한 문인화, 도화서의 격식을 갖춘 그림들, 임금의 어진이며, 꿈틀꿈틀 생명을 잇는 풀벌레와 꽃, 신령스러운 호랑이와 동물들, 존재하면서도 움직이지 않는 무생물, 그리고 소박한 일상 이야기까지. 그 그림판에 들어서서 홍도는 자유로이 붓질하고 싶었다.

'속기 없는 문기가 스승님의 평생 목표라면, 나는 그 문기를 뛰어넘어야 해.'

홍도의 눈앞에 대장간 풍경이 떠올랐다. 대장장이들의 웃음은 얼마나 건강했던가. 고된 노동과 땀 속에서 피어오르는 익살스러운 농담이며 힘찬 몸짓들. 그 웃음과 몸짓들이 홍도의 곁에서 까불거리며 맴돌았다. 홍도는 웃음 한 자락을 잡아 화선지에 올려놓고 싶은 충동에 휩싸였다. 구름 탄 신선마냥 홍도는 산길을 달렸다. 솔바람이 시원했다.

다음 날, 맹 훈장과 김 서방이 풀려났다.

"훈장님, 제 욕심이 여러 사람을 다치게 합니다."

업고 온 맹 훈장을 방에 누이며 김 서방은 흐느꼈다. 사실, 김 서방은 두려웠다. 맹 훈장이 위태로운 것은 아닐까? 김 서방은 험한 역경을 감당할 수 있었다. 그러나 다른 사람이 당하는 고초는 견디기 어려웠다. 생각지도 못한 것이었다. 아니, 생각은 했어도 미처 깨닫지 못했던 것이다. 애먼 사람이 아픔을 겪을까 저어하는 마음 때문에, 함부로 나서지 못하는 것. 그 여린 마음씨 때문에 수많은 세월 동안 민초들은 엎드려 사나 보다. 그들은 미련하지도 나약하지도 않았다. 다만 정이 많은 자들일 뿐.

"나약해지지 말게. 이쯤은 각오하지 않았던가? 난 괜찮아."

맹 훈장의 쉰소리가 꼿꼿했다. 그래, 여기까지 왔는데 물러설 수는 없다. 김 서방은 입술을 지그시 깨물었다.

차돌이는 뒷마당에 숨죽이고 있었다. 서당에 온 후 많은 일이 벌어졌다. 아버지가 양반들한테 시달리고 맹 훈장이 곤혹을 치르고. 앞으로 무슨 일이 더 생길까? 서당에 다니기로 했으나 다른 누군가에게 해가 될까 차돌이 역시 무서웠다.

꼬꼬댁 꼬꼬꼬, 꼬꼬댁 꼬꼬꼬!

암탉이 홰를 쳤다. 멍하니 생각에 잠겼던 차돌이는 화들짝 놀랐다. 정신이 번쩍 들었다.

"차돌아, 알을 꺼내 오런? 훈장님이 따끈한 닭 알을 좋아하신단다."

사모님이 차돌이를 불렀다. 숨어 있는 것을 진즉에 알았나 보다. 차돌이는 둥주리에서 방금 낳은 알과 밑알 하나를 꺼내어 저고리에 닦은 후, 사랑채로 들어갔다. 차돌이가 내민 알을 맹 훈장과 아버지가 달게 마셨다.

어느새 정월대보름이 되었다. 아이들은 서당 앞 너른 밭에 생솔가지와 나무, 짚 들을 쌓아올렸다. 차돌이가 솔가지를 끌어 오고, 금종이와 홍도는 폭죽으로 쓸 대나무를 한 아름 구해 왔다.

"달이다!"

후당골 위로 보름달이 떴다. 더는 둥글래야 둥글 수 없는 동그라미, 더 이상 차오르려야 차오를 수 없는 달덩이였다. 보는 것만으로도 풍족하고 마음이 둥글둥글해지는 푸근한 달이었다. 달에 산다는 항아님에게 소원을 빌면 단번에 다 들어줄 것 같았다. 달 토끼가 떡 방아를 찧으면 심부름꾼 달 두꺼비가 풀쩍 내려와 한 덩이 맛보라고 던져 주고 다시 풀쩍 올라갈 것 같이 넉넉한 달이었다.

"내가 제일 먼저 봤어. 달맞이를 제일 먼저 한 사람이 복 받는 거 알지?"

아이들은 서둘러 불을 지폈다. 생솔가지에서 연기가 솟더니 불꽃이 마른 짚을 타고 올랐다. 달집이 훨훨 타오르자, 아이들은 소원을 빌었다.

덩더꿍 덩덕, 타당타당 퉁둥당! 아이들은 풍물을 치며 달집 주위를 돌았다. 금종이 불 속에 대나무를 던지니, 피지지직 진이 지글거리며 펑펑, 대나무 폭죽이 터졌다.

"악귀들이 놀라 천리는 달아나겠구나, 쿵쿵."

맹 훈장이 나와 지긋이 웃었다. 아이들은 맹 훈장을 둘러싸고 풍물놀이를 벌였다. 차돌이가 힘차게 징을 울리자, 홍도는 피리를 신명나게 불어 재꼈다. 맹 훈장도 덩실덩실 어깨춤을 추었다. 보름달이 휘영청 밝은 밤이었다.

천지인 클럽

며칠 동안 함박눈이 펑펑 쏟아졌다. 겨울가뭄을 가시는 고마운 눈이었다. 하얀 길을 걸으며 홍도는 세화의 미진한 부분을 어떻게 수정할지 구상했다. 이 진사가 새해를 맞아 기쁜 소식만 가득하기를 바라며, 신년보희도(新年報喜圖)를 주문한 터였다. 소나무, 까치, 표범을 구도에 맞게 그렸으나 홍도는 영 표범이 마음에 들지 않았다. 표범 털을 세필로 수천 번 붓질하여도 생생한 기운이 덜했다.

이 진사 댁 고대광실에 닿았을 때였다. 담 모퉁이로 김 서방이 후다닥 사라졌다.

'차돌이 아버지가 아직도 이 진사에게 사정하러 오나? 차돌이가 서당에 다니는 일은 모두 끝난 걸로 아는데. 아냐, 눈발이 거세어 잘못 보았겠지.'

홍도는 고개를 갸웃거리고 사랑채로 들어섰다. 오늘 시회도 새해를 맞이하여 열리는 것이지만, 이 진사가 고을 양반들을 다독이는 자리였다. 차돌이가 서당에 다니게 묵인해 줘서 고맙다는 뜻이다.

사랑채에는 젊은 선비들이 모여 있었다. 곱돌화로에 있는 참숯이 고왔다. 추위에 언 몸을 따스한 온기가 감쌌다. 홍도는 이 진사와 선비들에게 절을 올렸다.

"추운데 오느라 고생했다. 그림을 완성하지 못했다고? 그럼 마저 하려무나."

이 진사는 안경을 추슬렀다. 낯설기는 했지만 썩 잘 어울렸다.

"청나라 연경에는 별 게 다 있더군. 이 안경만 해도 그래. 눈이 뿌에서 썼더니 신기하게도 세상이 훤하지 뭔가? 어른 앞에서 안경을 쓰는 것은 불경한 짓이니, 아버님이 안 계실 때만 쓰고 있다네."

"참 신통해. 조금 전에 써 봤더니 세상이 뱅글뱅글 돌고 어지럽더구먼, 자네한테는 세상이 훤해 보인다니 말이야."

"자네 코쟁이 본 얘기도 하게."

"이 사람아, 천박하게 코쟁이가 뭔가? 노란 머리에 코가 뾰족한 양인을 보고 처음엔 놀랐지. 양인은 모두 불한당인 줄 알았거든. 그들은 색칠 그림을 그렸는데, 먼 것은 작고 희미하게 가까운 것은 크고 진하게 그렸어. 어찌나 실물과 똑같은지 손에 잡힐 듯했지. 또 우리처럼 시도 짓고 철학도 논하더군. 클럽 (club)이라는, 우리로 말하면 시회를 하더란 말일세."

홍도는 표범을 수정하며 이 진사와 선비들의 이야기를 들었다.

'양인의 색칠 그림이라고? 어떤 그림일까? 조선에서 색은 맑은 정신을 흩뜨리는 것이라 여겨 잘 안 쓰는데, 어떻게 색을

다루기에 손에 잡힐 듯하지?'

홍도는 서양 그림이 궁금했다.

"어허, 신통하다. 여기도 실물과 똑같은 표범이 노려보는군."

두어 시간 지날 때였다. 선비들이 홍도 곁으로 몰려들었다.

"서양의 색칠 그림이 신기하다 해도 조선 그림만 하겠는가? 그림 참 좋다!"

"표범 무늬와 털이 살아 있는 것 보게. 진짜 표범이 영역 싸움하자고 으르렁거리겠는걸."

선비들이 혀를 내둘렀다.

"수고했다. 좋은 그림이구나."

이 진사도 흡족하게 웃었다. 웃는 얼굴이 금종이와 똑같았다.

홍도가 사랑에서 물러나오니, 밤하늘이 새파랬다. 이 진사와 선비들이 그림을 보며 유쾌하게 떠들었다. 홍도는 이해할 수 없었다. 평상시에 이 진사는 싹싹하고 시원시원했다. 금강산으로 유람을 떠난 풍아 어른보다야 그릇이 작고 사치스럽지만, 품위 있는 선비였다. 그런데 왜 신분에 있어서는 편협하고 고지식할까? 불뚝성을 낼 때는 꼭 범호였다. 홍도는 금종의 거처로 갔다. 꼭 한 번 놀러 오라는 부탁을 받고도 처음이었다.

"홍도야."

금종이 홍도를 반겼다. 방문을 활짝 열어 놓은 채 무언가를 들여다보고 있었다.

"그게 뭐야?"

"천리경!"

"으응? 이익 선생님이 천리경으로 한번 별을 보고 싶다고
한 그 천리경?"

"응."

천리경은 세 발 받침대 위에 있었다. 나무받침대에 긴 대나
무 통이 가로 뉘였는데, 한쪽 끝에 작은 대나무가 튀어나왔다.
긴 대나무 통은 좌우상하로 조금씩 움직였고, 그 안에 유리알
이 박혔다. 튀어나온 작은 대나무에도 유리알이 있었는데, 그
곳으로 들여다보았다.

"어디서 났어? 어른들이 청나라에서 사다 준 거야?"

"아니, 진짜 천리경은 아니고 우리가 만든 거야. 책에 나온
대로 청나라 망원경을 본떴지. 전에 이익 선생님한테 천문 서
적을 빌려 본 적이 있거든."

"우리라고?"

"으응. 김 서방이랑 나랑."

금종이 상글상글 웃었다.

홍도가 대나무 통을 움직여 천리경을 들여다보았다. 눈빛에
반사된 하얀 세상이 펼쳐졌다. 파란 밤하늘에 별들이 총총했

다. 팔을 뻗으면 별을 따겠다! 숨이 멎는 듯했다.

"다른 세상이구나. 넌 별을 보는 눈이 있었어. 예술가는 눈을 하나 더 가져야 한다고 스승님이 말했는데……. 사물의 본질을 들여다보는 눈을 가지라고 했거든. 금종아, 어떻게 천리경을 만들었어?"

"나도 한때 방황한 적이 있거든. 그 때 김 서방이 긁힌 유리 조각을 내밀었어. 연경에서 몸체가 깨진 천리경을 보았대. 구석에 팽개쳐진 걸 사정하여 유리만 얻어 온 거야. 원래는 차돌이한테 줄 생각이었겠지."

금종과 김 서방은 몇 달 동안 연구했다. 긁힌 유리를 갈고, 받침대를 만들고, 천리경을 만든 후 별을 본 순간, 금종은 옹졸한 마음을 벗어 던졌다. 금종은 새 별을 찾았고, 넓은 우주를 품에 안은 것이다.

"서당 사건 때문에 며칠 전에야 겨우 만들었어."

"그래서 김 서방이 다녀갔구나. 그런데 차돌이는?"

"걔는 뒷산 밤나무 구멍을 뒤지고 있을걸. 곧 올 거야."

말이 끝나기도 전에, 차돌이가 후다닥 들어왔다.

"엇, 홍도 왔구나. 이리 와, 이것 좀 맛봐."

"이 엄동설한에 꿀이 있었어?"

"응. 신통한 녀석들이 조금 남겨놓고 꿀꿀 겨울잠 자더라구. 홍도야, 달지? 훈장님 약으로 괜찮겠어? 이것 드시면 기운 차리고 서당을 여시겠지?"

차돌이가 입맛을 다셨다. 홍도와 금종은 꿀맛 좋게 끄덕였다.

"차돌이 제법이다!"

홍도가 놀라워하자, 차돌이가 어깨를 으쓱했다. 차돌이는 맛좋고 영양가 높은 농작물을 키우는 게 꿈이었다. 생산성 높은 작물을 널리 보급하면 조선에는 가난이 사라질 것이다.

"금종이는 하늘을 보는 천문학자가 되고, 차돌이는 땅을 돌보는 농부가 되고, 나는 세상 풍경을 그리는 화가가 되고. 천지인(天地人)이구나."

"천지인? 그게 뭔데?"

"하늘 천, 땅 지, 사람 인. 히야, 우리가 똘똘 뭉치면 완전한 세상이 되겠다."

"우리, 모임 만들까? 아, 네 아버지가 그러는데 서양에도 시회 같은 모임이 있대. 클럽이라던가. 우리 천지인 클럽이라고 짓자. 어때, 천지인 클럽(天地人 club)!"

"좋아, 좋아. 천지인 클럽."

셋은 마치 무언가 이룬 것마냥 흡족했다.

오랜만에 서당이 열렸다.

"홍도 왔니?"

글방 문을 열자, 아이들이 웃으며 반겼다. 홍도는 사뭇 새로웠다. 얼마 전까지만 해도 잠시 머물다 갈 거라고, 친구들과 정붙일 필요 없다고 데면데면 굴었다. 그런데 이제는 친구들이 반가웠다. 어제의 서당이나 어제의 친구들이 아니었다. 어느새 홍도는 자신도 모르게 벼루에 간 먹물처럼 친구들과 서당에 어우러져 있었다. 홍도는 웃으며 익숙하게 자기 자리로 갔다.

"오랜만이구나. 너희에게 맘고생 시켜서 미안허다. 범호는 수암동 향교로 갔다. 떨어졌다고 멀리 하지 말고, 종종 찾아가 친하게 지내렴, 큼큼."

맹 훈장이 넌지시 범호의 자리를 훑었다. 범호의 빈자리가 쓸쓸했다.

"차돌아, 아직 석 달은 안 되었다만, 공부는 왜 해야 하는지 이유를 찾았느냐?"

"아니요, 모르겠어요."

"……. 그럼 공부를 작파하겠니?"

"아니요. 공부는 재미없고 지겹고 머리도 지끈거리게 해요. 하지만 서당엔 나올래요."

"왜?"

"어휴, 훈장님, 그것도 모르셔요? 친구들이 있잖아요."

"허허, 그거 아주 좋구나. 그럼 당연히 과제도 해 왔으렷다."

"에잇, 훈장님! 오늘 같은 날 과제 검사하면 어떻게 해요?"

투덜거리며 차돌이는 더듬더듬 글을 외웠다. 이 빠진 것처럼 글자가 빠져 나가자, "어젯밤에 달달 외웠는데 왜 생각이 안 나는 거야."라며 제 머리통을 쥐어박았다.

"차돌아, 천지지간 만물지중에 유인이 최귀하니 소귀호인자는 이기유오륜야라.(天地之間 萬物之衆에 惟人이 最貴하니 所貴乎人者는 以其有五倫也라.) 하늘과 땅 사이에 있는 만물 중에서 사람이 가장 귀하니, 그 까닭은 오륜이 있기 때문이다."

살살이가 속살거리고, 무던이가 슬쩍 책을 내밀었지만 당최 눈치 없는 차돌이. 차돌이는 앞만 쳐다보고 씩씩거렸다.

"쯧쯧쯧, 어둔한 녀석, 어찌 그리 되통스럽지 못할꼬……. 이놈, 종아리 걷어."

알려 주는 것도 못 따라하는 차돌이가 안쓰러워 맹 훈장이 혀를 찼다. 볼을 실룩거리며 코를 끙끙거렸으나, 차돌이를 바라보는 눈길에는 사랑스러움이 가득했다.

훌쩍훌쩍, 차돌이 눈물샘이 또 터졌다.

"'서당 아이들은 회초리에 매여 산다.'는 말이 딱 맞아. 으, 엊그제 내가 새로 만든 싸리 회초리인데, 차돌이 불쌍하다."

"애, 홍도야. 우리 서당 풍경 그려라. 꼭 이 장면으로 말이야."

아이들이 킥킥거렸다.

홍도는 머릿속으로 구도를 잡았다.

'활짝 웃는 모습이 좋겠지. 아, 그래. 범호 형도 그려야지. 활짝 웃는 모습으로 말이야. 천지개벽 서당의 절정을 그리는 거야.'

홍도는 허공에 붓질을 휘날렸다. 차돌이는 엉거주춤 바지를 걷고, 훈장님은 얼른 종아리 내놓으라고 회초리로 방바닥을 친다. 크크크크, 참으려고 해도 아이들의 웃음이 삐어져 나온다. 찰싹, 세지도 않은 매질에 차돌이가 팔딱 뛰며 엄살이다. 하하 하하! 드디어 웃음폭포가 쏟아졌다. 날쌘콩은 배를 움켜잡고 뒹굴고, 허허허 허허와 애아범은 웃음소리조차 굵직하다. 살살이와 무던이는 킥킥킥, 금종이와 홍도도 하하하 웃는다. 모처럼 가슴을 활짝 벌리니 속이 다 후련하다. 체면 차리느라 찡그리고 있던 범호도 껄껄껄 마음껏 웃는다. 웃는 범호의 얼굴이 양반집 장손답게 잘생겼다! 코를 끙끙거리며 찌푸린 맹 훈장도 픽, 웃음을 그예 흘렸다.

"이놈아, 뿔난 송아지마냥 산으로 들로 그만 쏴 다니고 글공부하랬지?"

"훈장님, 잘못했어요. 과제 열심히 해 올게요."

책책책, 싸리 회초리가 살갗에 붙는 소리와 차돌이 엄살 소리와 아이들의 키득거리는 소리가 화선지 밖으로 튀어나왔다.

"훈장님, 그만요. 이젠 꿀맛 보기 힘들 줄 아세요. 에잇, 어디 폭력 없는 서당 없나?"

컹컹컹! 서당 개 삼 년 되어 풍월을 읊으려는지, 이웃집 검둥개가 마루 밑에 터를 잡았다.

"검둥아, 시끄러. 너도 놀리는 거야?"

차돌이가 종아리를 주무르며 울상을 지었다. 오늘도 그렇게 천지개벽 서당은 하루를 열었다.

도깨비 놀음

경현당 수작도

"이보게, 어린 자네가 수작의궤(受爵儀軌, 1765년 영조의 제71회 탄신을 축하하기 위해 경현당에서 설행된 수작의식을 기록한 책) 그림을 맡다니 대단하네그려!"

김홍도는 도화서 화원들에게 둘러싸여 있었다. 부러움과 축하 인사가 꽃잎처럼 하롱하롱 날아다녔다. 누구에게나 한 번쯤은 세상이 '나'를 위해 존재할 때가 있는 법이다. 사람들은 '나'에게 박수치기 위하여 살고, 우주는 '나'를 중심으로 움직일 때가 있는 것이다. 김홍도는 우쭐했다. 하지만 짐짓 부푸는 마음을 거두었다.

"고맙습니다. 처음 맡은 큰 행사이니 많이 도와 주십시오."

"걱정하지 말게. 궁궐 행사 그림인데 자네를 돕지 않을 수 있나?"

동료 화원들이 어깨를 토닥였다.

지난해(1764년)는 임금(영조)에게 뜻 깊은 해였다. 춘추 71세에, 즉위 40주년을 맞이했다. 세손과 대신들은 축하 행사를 갖자고 간청했다. 그러나 소박한 임금은 고개를 저었다. 궁에서부터 행사를 줄여 백성의 본보기로 삼고 나라 살림을 아끼려했다. 세손도 임금의 뜻을 모르는 바 아니었지만, 다섯 차례나청하여 겨우 허락받고 뒤늦게 궁궐 잔치를 벌이는 것이다.

사실 궁궐 행사는 백성들의 잔치와는 다른 의미가 있었다. 궁궐 행사는 왕실의 힘을 보여 주는 상징이다. 임금의 권위를세우고 신하들이 복종을 맹서하는 자리다. 더구나 이번 행사의주관자인 세손에게는 자신의 존재를 드러내는 기회이기도 했다. 뒤주에 갇혀 무참히 죽임을 당한 사도세자의 아들이 아니라, 임금의 손자이자 왕위를 이어받을 계승자임을 보여 주는자리이다.

그러한 중요 행사를 담는 의궤 〈경현당 수작도〉를 스물한살, 김홍도가 맡은 것이다.

김홍도는 허리를 꼿꼿이 세우고 무리를 헤쳐 나갔다. 바닷길이 열리듯 양 갈래로 화원들이 비켜 섰다. 창창한 대나무처럼 조선의 최고 화원으로 우뚝 서리라. 거칠 게 없는 붓질처럼 걸어 나가리. 가슴 속이 쿵쿵 요동치고, 입 꼬리가 올라갔다.

"무언가 착오가 있는 것 아닙니까? 아직 김홍도가 담당하기에는……."

꽃길을 걷다 가시에 찔리는 찌릿한 통증처럼 귀에 거슬리는 소리에 가슴 속 요동이 멈췄다.

"김홍도의 그림 솜씨를 탓하는 게 아니라, 아직 주관할 만한 연륜이 안 됩니다."

물살을 탄 파도처럼 뒷말들이 술렁거렸다. 마냥 축하해 줄 수만은 없다는 질시의 눈초리가 가시로 박혔다.

"어허, 예술 작품을 논하는 자리에서 나이 많고 적음이 무슨 상관인가? 오로지 작품으로 말하고 작품으로 우열을 가려야 하지 않나. 이미 결정된 일이니 왈가불가 말고 최선을 다하여 준비하게. 의궤 제작은 김홍도가 주관하나 우리 도화서 일이야."

도화서 별제가 단호하게 말을 끊었다.

패자의 투정은 항시 있는 법. 열등한 자들의 쫑알거림은 들을 가치도 없다. 김홍도는 태연히 발걸음을 내디뎠다.

"오만불손한 김홍도에게 날개까지 달아 주는군."

선배 화원 박석태가 중얼거렸다.

김홍도는 더 이상 참을 수 없었다. 나이 어리다고 얕보는 자들에겐 따끔히 일침을 놓아야 한다. 그래야 화원으로서, 작업을 이끄는 도화서 책임자로서 당당할 수 있다. 김홍도는 박석태 앞에 섰다.

"선배는 오만과 당참을 구분하지 못하는군요. 저의 당참은 오랜 수련에서 얻은 고고함입니다. 몸에 밴 품격이지요. 선배, 후배가 인정받는 게 아니꼽습니까? 그러면 뒷소리할 시간에 붓질 한 번 더 하십시오. 저는 실력 없는 자의 시샘을 받아 줄 만큼 한가하지 않답니다."

"이, 이런……."

화원들의 따가운 시선이 꽂혔다. 사람 됨됨이가 저래서야……, 혀를 차는 소리도 들렸다.

김홍도는 아랑곳하지 않고 도화서를 나왔다. 저 멀리 궁궐이 보였다. 궁궐 지붕이 옥색 하늘로 곱게 뻗어 있었다. 가고자 하는 곳은 궁궐뿐, 그 나머지는 필요 없다. 김홍도는 화폭에 담을 구도를 잡으며 지그시 바라보았다.

그림 구걸

마포 나루는 드나드는 배며 오가는 사람들로 시끌벅적했다. 나룻가에는 한양과 지방으로 오가는 짐이 가득 부려 있고, 강

기슭에는 크고 작은 배들이 정박해 있었다. 김홍도가 막 호젓한 길목으로 들어설 때였다.

"나리, 김홍도 화원입메까?"

주막 정자나무 앞에서 꼬부랑 노파가 다가왔다. 흐트러진 허연 머리카락이며 주름투성이 얼굴엔 땟국과 가난이 얼기설기 박혀 있었다.

"그렇소만?"

김홍도는 노파의 추레한 꼴에 눈살을 찌푸렸다.

"화원님 얘기는 귀에 딱지가 날 정도로 들었습메다. 화원님, 그림 한 폭만 줍세."

노파가 합죽 웃으며, 오랜만에 이웃사촌을 만난 것처럼 선뜻 김홍도의 팔을 잡았다.

"이, 이게 무슨 짓이오?"

김홍도는 화들짝 놀라며 물러섰다.

"에구, 이 할마이가 실수했습메다. 반가운 마음에……."

노파가 시커먼 손을 황급히 감추었다.

"어디서 무슨 얘기를 들었는지 모르지만, 난 그림 그릴 틈이 없소."

"나리, 마음을 베풉세. 죽어 가는 목심이 있습둥……."

노파가 애절하게 바라보았다.

불쾌했다. 동료들의 어쭙잖은 질투도 거슬렸는데, 노파의 애끓는 구걸에 역정이 났다. 큰일을 앞두고 훼방꾼이라니. 세상을 다 얻은 기쁨을 만끽하기도 전에 잿밥을 씹는 기분이다.

'궁궐 행사를 치르고 임금님을 뵈려면 몸단속, 마음단속을 해도 모자랄 판에 연거푸 웬 날벼락이람. 액땜 한번 제대로 하는군.'

김홍도는 노파의 눈길을 떨어뜨리듯 도포자락을 탁탁 털며 집으로 돌아왔다.

별빛이 총총했다. 풀벌레 소리도 밤톨처럼 여물고, 멀리 포구에는 횃불이 어룽거렸다. 이따금 강물 위로 불빛이 흘렀다. 사공이 늦은 손님을 건네든지, 먼 지방에서 물품을 실어 오는 배가 들어오든지, 아니면 어부가 밤고기를 잡을 것이다.

김홍도는 마음이 쉬이 가라앉지 않았다. 동료 화원들의 따가운 눈초리와 꼬부랑 노파의 애절한 눈빛이 자꾸 아른거렸다. 김홍도는 비파를 들었다. 오로지 그림만 생각해야 한다. 김홍도는 열네 살 당찬 세손과 지엄하신 임금에게 노래 한 곡조를 올렸다. 띠잉띵, 당돌한 비파 음색이 현을 튕기며 풀벌레와 교교하게 어우러졌다.

띠이잉 띠이이잉, 띵! 비파 가락을 지려 밟고 한 아이가 춤을 추며 다가왔다. "하하하하! 하하하하." 사방에서 형체 없는 웃

음이 흘러넘치고 춤추는 아이가 어린 홍도를 잡아끌었다. 춤추
는 매무새가 낯익다. 신명나는 저 자태, 함빡 웃는 저 몸짓. 홍
도는 마주잡은 아이를 쳐다보았다. 여자였다가 남자였다가 정
체를 알 수 없다. 어디서 본 얼굴인데, 기억에 없다. 홍도도 덩
실덩실 어깻짓을 들썩였다. 행복하다, 영원히 춤을 추고 싶다.
"그래, 우리 영원히 춤추며 살자." 홍도의 마음을 어찌 알았는
지 형체 없는 웃음이 깔깔거렸다. 그 때였다. "어잇, 물렀거
라." 어디선가 권마성이 들리고, 노새 방울이 흔들렸다. 아이가
춤을 멈추었다. 형체 없는 웃음도 멎었다. "달아나!" 형체 없
는 웃음이 소리치자 아이가 홍도를 붙잡고 달렸다. 딸랑딸랑,
딸랑딸랑 방울 소리가 가까워졌다. 홍도가 노새 위를 쳐다보
니, "네 이놈! 썩 물러나지 못할까?" 칼을 찬 청년이 채찍을 휘
둘렀다.

"으악!"

김홍도는 비명을 지르며 일어났다. 방바닥에 비파가 나뒹굴
었다.

꼬부랑 노파는 정자나무 아래에서 김홍도를 기다리고 있었다.

"나리, 그림 한 폭만 그려 줍세. 그림 값은 있습메다."

노파는 김홍도가 길목에 들어서면 굽은 허리를 숙였다.

김홍도는 노파에게 눈길 한 번 주지 않고 노새를 몰았다. 지금은 동정할 시간이 없다. 마포에서 견평방(堅平坊)까지는 걸어서 한 시간이 넘는 거리다. 일초라도 아끼며 의궤 제작을 준비해야 한다. 그래서 김홍도는 노새까지 장만한 터였다.

김홍도는 도화서에 닿자마자 바쁘게 움직였다. 질 좋은 종이를 선별하고, 채색할 물감도 충분한지 살폈다. 또한 다른 부서와 오가는 공문도 점검하고, 필요한 물품도 주문했다. 각 담당자들이 책임지고 일했으나, 김홍도는 자질구레한 것까지 꼼꼼하게 확인했다. 티끌만 한 흠집 없이 완벽하게 의궤를 완성하고 싶었다.

"김홍도 군, 자네를 도울 화원들을 뽑았네."

도화서 별제가 이름이 적힌 서류를 건넸다. 명단을 살피던 김홍도의 얼굴이 일그러졌다.

"별제 어른, 이 세 명은 빼어 주십시오. 박석태 선배는 색을 다루는 게 미흡하고, 나머지 둘은 빠른 시간에 행사를 관찰하여 그림으로 표현할 능력이 모자랍니다."

"비록 미흡한 화원들이지만, 자네가 이끌면 능력을 발휘할 걸세."

별제가 타일렀으나 김홍도는 고개를 저었다. 김홍도는 최고의 솜씨를 발휘할 화원들을 원했다. 최고가 아니면 그릴 필요가 없다. 더구나 역사에 길이 전할 궁궐 행사 그림이다. 후대 임금은 물론이고 뒷날의 화원들에게 본보기가 될 그림을 서투른 화원들에게 맡기다니. 김홍도는 도저히 받아들일 수 없었다.

"나를 도울 화원이 없다면 저 혼자 그리겠습니다. 별제 어른, 다시 뽑아 주십시오. 전 궁에 다녀오겠습니다. 의궤 병풍에 좌의정께서 글을 쓰게 되었거든요."

김홍도의 단호한 태도에 별제가 곤혹스러운 표정을 지었다.

"자네, 이래도 되나? 우리 없이 궁궐 행사를 치를 수 있다고 믿어?"

화실에서 나오던 김홍도는 주춤했다. 화원들이 몰려 있었다. 누가 뽑힐까 잔뜩 기대했다가, 문밖으로 흘러나온 소리에 붙박이 되어 있었다. 어린 김홍도가 횡포를 부린다고 생각한 박석태와 다른 두 화원은 붉으락푸르락 얼굴을 붉혔다.

"전 최고를 원합니다. 선배들은 후대 화원들에게 부끄럽지 않을 실력이라고 믿습니까? 그런 분만 이번 행사에 참여하십시오."

김홍도는 화원들한테 또박또박 말했다.

경희궁으로 가는 길은 가을 햇살이 눈부셨다. 김홍도는 자분자분 햇살을 밟으며 인왕산 기슭으로 향했다. 서궐이라 불리는 경희궁은 경복궁 왼쪽에 있다. 본궁인 경복궁이나 동궐이라

불리는 창덕궁보다 규모는 크지 않았지만 아름답고 기품 있는 궁이다. 홍화문으로 들어서니 금천, 맑은 물이 돌다리 아래에 흘렀다. 김홍도는 천천히 거닐었다. 돌다리에 새겨진 짐승과 도깨비가 눈을 부릅뜨고 쳐다보았다.

"잘 지냈느냐?"

김홍도는 픽 웃으며 돌다리에 앉았다. 궁궐을 지키는 수호 동물답지 않게 우스꽝스럽고 순한 돌짐승을 대하니 금세 가슴이 트이고 마음이 편해졌다. 한 점 흐트러짐 없이 묶었던 갓끈을 풀듯, 팽팽하게 옥죄었던 긴장이 풀렸다.

도화서에서 김홍도는 대쪽처럼 곧고 섣달 삭풍처럼 차갑게 행동했다. 어렸을 적부터 신동이라 불린 김홍도. 김홍도는 한때 칭송에 길들여져 그림을 소홀히 했다. 그러자 사람들은 '신동'이 '둔재'로 몰락했다고 입방아를 찧었다. 김홍도는 사람들의 수군거림에 주저앉을 수 없었다. 자신을 수없이 채찍질하며 그림에 전념했다. 그러자 "역시 천재는 죽지 않아." 사람들은 다시 칭찬을 늘어놓았다. 비록 나이는 어리지만 김홍도는 사람들의 칭찬이 달콤하지 않다는 것을 체득했다. 김홍도가 칭송에 연연하지 않자, 사람들은 이제 질시하기 시작했다. "건방진 놈, 어린 녀석이 잘난 체하기는." 김홍도는 질시를 감내해야 했고, 분명히 깨달았다. 자신만이 자신을 지킬 수 있음을. 뭇사람들의 질투를 이겨 내야 하고, 칭찬에도 흔들리지 않아야 함을. 그렇게 소년 시절을 보내며 김홍도는 한겨울 매화처럼 꼿꼿해졌다. 찬바람 속에서도 눈보라 속에서도 꽃피우고, 향기를 내뿜는 매화처럼 도도해졌다.

그러나 김홍도는 외로웠다. 사람들에게 자신을 함부로 내보일 수 없는 신세가 되고, 외로움이 뼈에 사무칠 때면 김홍도는 어릴 적 흉허물 없이 뛰놀던 친구들이 그리웠다. 봄이면 산등성이 풀밭에서 씨름을 하고, 여름이면 냇가에서 멱을 감고, 겨울이면 썰매를 타던 조무래기 시절. 행복한 때였다. 하지만 결코 돌아갈 수 없는 시간이 아닌가. 그럴 때면 김홍도는 하염없이 걸었다.

어느 날인가 궁에 들어왔을 때였다. 바삐 업무를 봐야 하는데도 맥없이 걷다가 김홍도는 궁궐 한 귀퉁이에서 돌 두꺼비를 보았다. 기품 있는 궁궐에 두꺼비라니! 이해할 수 없었다. 그러나 김홍도는 이제껏 무심히 보아 온 돌짐승들이 새삼 새로웠다.

이 때부터 김홍도는 궁에 오면 숨바꼭질하듯 돌짐승과 도깨비를 찾았다. 궁궐에는 많은 돌짐승이 있었다. 궁궐 앞을 지키는 해태며, 궁궐 추녀마루에 앉아 보초를 서는 잡상, 청룡·백호·현무·주작, 원숭이, 두꺼비, 소, 양 등이 궁궐 여기저기에 숨어 있었다. 그들은 대궐 바깥에서 나쁜 기운이 들어오는 걸

막고, 궁궐의 기운을 북돋우는 상서로운 짐승들이었다. 하지만 그들은 궁궐 지킴이로서 잡것들이 얼씬도 못 하게 한껏 위엄을 차렸으나, 그 모양새는 꼭 장난꾸러기 개구쟁이였다. 궁궐을 지키는 막중한 임무만 없다면 당장이라도 이리저리 뛰어다닐 기세였고, 김홍도가 툭 장난이라도 치면, "얼씨구, 좋구나!" 하면서 한바탕 놀이판을 벌일 표정이었다. 김홍도는 그런 돌짐승들이 친근하고 좋았다.

"어이, 어처구니! 너희한테 위로를 받다니, 참 어처구니없지?"

김홍도가 궁궐 추녀에 떡하니 올라앉은 잡상에게 웃음을 건네자, 어처구니들도 어처구니없다는 듯 멀뚱멀뚱 내려다봤다. 김홍도는 피식 웃고, 도감(都監, 국가 행사를 치를 때 만드는 임시 관청)으로 발길을 돌렸다.

"대감, 도화서 화원 김홍도입니다."

"어서 오게. 자네 명성은 익히 들었네."

도감에 들어서니 좌의정 김상복이 기다리고 있었다. 김상복은 어린 김홍도를 칭찬했으나, 큰 행사를 제대로 수행할까 염려하는 눈치였다. 김홍도는 최고 화원답게 도화서에서 진행하는 일을 보고하고, 행사 그림을 어떻게 그릴지 설명했다. 김홍도의 능숙하고 꼼꼼한 계획에 좌의정 얼굴이 금세 밝아졌다. 김홍도는 노을이 궁궐 추녀 끝을 물들일 즈음에야 도감에서 나왔다.

얼룩진 자존심

마포 나루에도 붉은 노을이 걸쳤다. 느릿느릿 노새를 몰던 김홍도가 정자나무 아래에 멈췄다.

"김홍도, 최고 화원만 원한다구? 세상에 결점 없는 화원은 없어. 우리 실력이 모자라도 그런 수모를 당할 만큼 형편없진 않아. 너도 더러운 진탕에 빠져 봐라!"

박석태와 동료 화원 둘이 흙덩이를 던졌다. 진흙덩어리가 김홍도의 귓불을 때렸다. 구김살 하나 없고 먹물 한 점 튀지 않은, 하얀 도포자락이 얼룩졌다. 노새가 몸부림치자 목에 걸린 방울이 요란하게 흔들렸다.

"어이쿠, 이러면 안 되지비. 어디 안 다쳤음메까?"

노파가 달려와 노새에서 내려서는 김홍도를 감쌌다.

김홍도는 노파를 뿌리쳤다. 그 바람에 노파가 엉덩방아를 찧으며 도랑으로 굴렀다.

"아이쿠, 저런!"

주막에서 지켜 보던 주모와 손님이 쓰러진 노파에게 달려 왔다.

"선배, 수작도 작업에 넣지 않았다고 이 난리입니까? 제가 말했지요, 실력이 없으면 실력을 키우라고. 선배 말대로 완벽한 그림, 완벽한 화원은 없습니다. 허나 그에 가까워지려는 열정으로, 절박하게 노력해 봤습니까? 전 이런 치졸한 행동에 눈하나 깜박하지 않습니다. 질투하는 무리는 항상 있는 법이거든요. 그러니 경쟁이 있고, 최고가 있고, 영원한 패자가 있겠지요. 선배, 도화서에서 쫓겨날 생각이 아니라면 큰 행사를 앞두고 이래서는 아니 되겠지요."

김홍도는 한 마디, 한 마디에 힘을 주었다. 얼룩진 몰골처럼 자존심이 상했지만 냉정한 자세를 유지했다.

"어리석은 놈, 네가 조선 제일의 화가면 뭐 하냐? 신분이 천하다고 저렇게 사람을 무시하고, 실력이 모자라다고 깔보고……. 그래, 네 말대로 난 도화서에서 쫓겨날 각오로 왔다. 그러나 그보다 먼저 너란 놈의 시건방진 태도를 바로잡으마."

박석태는 와들와들 떨었다. 더 이상 못 참겠다는 듯 옆에 있던 화원이 김홍도의 얼굴을 쳤다. 그와 동시에 다른 화원이 김홍도를 덮쳤다.

"아니 됨메!"

노파였다. 노파가 김홍도를 덮치는 화원보다 먼저 김홍도를 안았다. 허리 굽은 노파의 행동이라기에는 믿어지지 않을 정도로 빨랐다. 셋의 발길질이 노파의 등을 향했다.

"억!"

맞던 자도 때리던 자도 그대로 얼어붙고, 서서히 노파가 고꾸라졌다.

"이보시게, 정신 차리게."

박석태가 노파를 안았다.

노파는 까무러진 채 축 늘어졌다. 주모가 바가지에 퍼 온 찬물로 노파의 얼굴을 씻겼다.

"괜찮습메, 괜찮습메."

휴우, 긴 숨을 내쉬며 눈을 뜨더니, 노파가 비척비척 일어났다.

"나리, 괜찮습메까? 어디 상한 데 없슴둥?"

노파의 눈길이 김홍도를 훑었다.

김홍도는 아무 말도 못했다. 입이 붙고 몸이 굳어 아무것도 할 수 없었다. 그저 멍하니 도깨비 놀음에 홀린 것처럼 서 있었다.

"이보시게, 여기 잠깐 앉게. 어디 다쳤는지 봐야 하네."

"나리, 우리 화원님 좀 봐줍세. 큰일 할 분 아닙메까?"

노파가 박석태한테 합죽 웃었다. 웃는지 우는지 알 수 없이 일그러졌지만 간절한 표정이었다. 노파는 붙잡는 화원들에게 손사래를 저으며 골목 끝으로 사라졌다.

"너 같은 자를 위하여 저렇게 애쓰다니, 참 부럽구나. 그림 실력만큼 인정머리도 있으면 얼마나 좋을까? 그러면 저런 노파의 애씀이 안쓰럽지 않을 텐데……."

박석태와 동료 화원들은 돌아섰다. 주막에서 힐끗거리던 구경꾼들도 제 일로 돌아가고, 김홍도만 그 자리에 그대로 있었다. 강물에서 스멀스멀 기어 나온 어둠이 점점 그를 감쌌다.

다음 날, 박석태와 동료 화원 둘은 도화서에 나오지 않았다. 김홍도는 어이없었다. 새벽부터 찾아와 빌어도 용서할까 말까인데 배짱까지 부리다니 괘씸했다.

"도대체 일을 어찌 한 겁니까? 최고급 종이를 주문했는데, 누가 이따위 것을 받아왔어요?"

김홍도가 종이꾸러미를 집어 던졌다. 종이가 펄럭이며 사방으로 흩어졌다.

"뭐가 잘못되었나? 우린 받은 게 없네. 별제 어른이 궁에 가져간 게 아닐까? 이보게, 찬찬히 확인해 보세. 자네답지 않게 왜 이리 흥분하는가?"

선배 화원 하나가 흩어진 종이를 주웠다.

다른 화원들은 얼떨떨하여 있다가 수군거렸다.

"어제, 박석태 화원한테 봉변당했다더니 괜히 우리한테 화풀이군."

"쯧쯧, 웬 노파를 밀었다던데."

김홍도는 신경이 곤두섰다. 남들의 입방아에 오르내리다니, 어제 당한 모욕이 고스란히 되살아났다. 더구나 노파한테 도움 받은 것을 생각하면 못마땅했고, 밤새 노파가 머릿속에서 떠나지 않아 잠도 설친 터였다. 궁궐 행사를 제대로 해야 하는데, 뜻대로 되는 게 없다니……. 화가 치밀었다.

"누구 하나 맘에 드는 사람이 없습니다. 화원이라면 최소한 질 좋은 종이인지 아닌지 구분도 못합니까? 그림 실력이 모자라면 일이라도 잘해야지요."

"이봐, 말이 심하지 않아?"

화원들이 볼멘소리를 했다.

"아니오, 결코 심하지 않습니다. 이러다간 수작도를 그려 보지도 못할 판이에요. 차라리 나 혼자 하면 마음이라도 편하겠습니다."

"그래? 우리같이 하찮은 화원들은 거치적거린단 말이지? 좋아, 자네 혼자 해 보게. 이보게, 우린 가세."

화원들이 우르르 몰려나갔다. 종이를 줍던 화원도 한숨을 쉬며 김홍도를 보더니, "이보게들, 그러지 말아. 궁궐 잔치를 앞두고 이러면 되나?"라고 말하며 화원들을 잡으려고 달려 나갔다.

왁자지껄하던 도화서가 텅 비었다. 김홍도는 썰렁한 화실 한가운데 섰고, 반쯤 열린 문만 바람결에 삐거덕거렸다.

'내가 왜 이러지?'

김홍도는 풀썩 주저앉았다. 감정을 추스르지 못하고 제멋대로 쏟아 내다니, 경박한 행동에 어처구니없었다. 가슴이 아렸다. 텅 빈 도화서마냥 김홍도의 마음에도 구멍이 뻥 뚫렸다.

'참 못났다, 김홍도……'

김홍도는 무릎 사이에 얼굴을 묻었다.

"밤새 술 마시고 늦었으니 별제 어른한테 꾸지람 듣겠군. 어제 일도 소문이 퍼졌을 텐데, 어휴, 벌 받을 각오 단단히 하자."

혼잣말을 중얼거리며 화실로 들어서던 박석태가 주춤 섰다.

쭈그리고 앉은 김홍도의 어깨가 들썩이고, 낮은 흐느낌이 흘러나왔다. 도화서에는 사람 하나 보이지 않았다. 무언가 일이 벌어졌음에 틀림없다. 스물 하나의 청년, 김홍도. 그의 들썩이는 어깨가 한없이 연약해 보였다, 하늘로 날아오르려던 새가 날갯죽지를 펴지 못하고 파드닥거리는 것처럼.

박석태는 조용히 물러나왔다.

"화원 나리, 별제 어른이 궁궐로 들어오랍니다. 별제 어른 화실에 주문했던 종이가 있으니 가져오라는데요."

한 식경쯤 지났을 때, 도화서 하인이 들어왔다.

"뭐라고?"

김홍도는 당황하여 별제의 화실로 달려갔다. 거기에 최고급 종이가 있었다. 김홍도는 뒤통수를 호되게 맞은 듯했다. 도화서 화원들은 혼자 전전긍긍하는 자신을 비아냥거리며 고소해할 것이다. 김홍도는 박석태한테 흙덩이를 맞던 것보다 더 수치스러웠다.

경희궁으로 가는 길은 아득했다. 종이를 짊어진 하인보다 빈 몸으로 걷는 김홍도의 발걸음이 더뎠다. 김홍도는 별제에게 종이를 건네고, 각 부서와 회의를 마친 후 도감에서 나왔다. 가을 햇살이 궁궐 마당에 화사하게 쏟아졌다. 김홍도는 무심히 걷다 바위에 앉았다.

"아얏!"

짧은 비명이 터졌다. 김홍도는 두리번거리다 발밑에서 돌 두꺼비를 보았다.

'돌 두꺼비가?'

김홍도는 고개를 저으며 두꺼비를 쓰다듬었다. 햇살을 머금은 두꺼비 등이 따뜻했다. 따스한 기운이 손끝을 타고 가슴을 지났다. 그러다 문득 머릿속이 훤해졌다. 기품 있는 궁궐에 볼품없는 돌짐승과 도깨비가 있는 이유를 깨달았다. 조선 임금들은 보이지 않는 세상, 존재하지 않는 생물들에게까지 궁궐 한 자리를 내어 준 것이다. 보이지 않는 세상을 포용하고, 존재하지 않는 만물까지 끌어안는 넉넉한 마음 품새! 그것은 김홍도가 갈망했던, 그러나 잠시 잊었던 그림 세계이기도 했다.

김홍도는 눈을 감았다. 골목 끝으로 비척비척 사라지던 노파의 뒷모습이 자꾸 밟혔다.

'다친 허리는 괜찮을까……'

노파를 찾아서

물안개가 자욱했다. 희부연 안개를 뚫고 나룻배가 흘러갔다. 김홍도는 정자나무 아래에 앉아 아침 강을 바라보았다. 노파는 좀처럼 오지 않았다.

"주모, 여기 앉아 있던 노파를 아시오?"

"그럼요. 꼭두새벽부터 밤늦게까지 앉아 있곤 했는걸요. 함경도에서 돌림병을 피해 한양까지 흘러왔다지요. 병든 손녀가 있는데, 김홍도 화원의 그림을 갖고 싶어한답니다. 김 화원 그림을 지니면 병이 낫는다나요. 할머니는 소원 풀이해 주려나 본데 그게 말이 됩니까? 그분 그림 갖기가 하늘의 별따기라는

데요."

주모는 수선스레 묻지도 않은 말까지 늘어놓았다.

'내 그림을 가지면 병이 낫는다고?'

김홍도는 노파의 손녀가 궁금했다. 어디가 아프기에 그림을 가지면 낫는다는 걸까? 갑자기 십 년 전에 만났던 어린 무동 들뫼와 순님이가 생각났다. 순님이처럼 노파의 손녀도 그림으로 병마를 이겨 내는 걸까?

"노파의 집은 어디에 있소?"

"집이라뇨. 마포 강변에 사는 거지인걸요. 하지만 성품 바른 분이랍니다. 저희 집에서도 거저먹는 법이 없어요. 빌어먹고 살아도 마음까지 동냥아치는 아니라며 설거지라도 하지요. 저기, 저쪽 억새밭을 지나면 있을 거예요."

주모가 강가를 가리키며 길을 알려 주었다.

김홍도는 주모가 알려 준 대로 마포 강변을 뒤졌다. 강가에는 떠돌이와 거지들이 터를 잡고 있었다. 거적만 둘러친 움막이 밀집해 있고, 그것마저 없는 사람들은 모래밭에 마른 풀을 깔아 잠자고 있었다. 거지 소굴은 시끄럽고 불결했다. 이른 시간인데도 소리를 지르는 사람, 무엇이 불만인지 먹을거리를 가지고 싸우는 사람도 있었다. 더럽고 지저분한 소굴은 그들의 마음까지 강퍅하게 만들었을까. 김홍도는 본분과 처지가 사람을 지배한다는 말이 맞겠다고 생각했다. 김홍도는 그들과 멀찍이 떨어져 걸었다. 상상하지 못한 세상을 보니 낯설고, 그 안으로 들어가는 게 께름칙했다.

'임금의 잔치를 준비하는데 불경스러운 것들이 몸에 닿으면……'

김홍도는 걸음을 멈추었다. 저잣거리에서도 큰 잔치를 앞두면 몸을 살피는데, 하물며 궁궐 행사를 앞두고 허튼 짓을 하는 게 아닐까 저어되었다. 하지만 순님이의 간절한 눈빛이 김홍도를 놓아 주지 않았다.

"얘, 허리 굽은 함경도 할머니 아니? 아픈 손녀와 산다는데."

김홍도는 지나가는 아이에게 물었다. 식은 보리밥을 얻어 오던 아이가 힐끗 보더니 손을 내밀었다. 김홍도는 주저하다 주머니를 꺼냈다. 아이의 눈이 번뜩였다. 김홍도는 아차 싶었다. 노파를 찾아오는 게 아니었다. 서슴없이 손을 내미는 아이처럼, 노파도 그림을 안 주면 어떻게 변할지 모른다. 성심은 착하다고 해도, 노파의 영역이지 않은가. 손녀를 살리고 싶은 마음을 받아 주지 않으면, 오랜 세월 동안 지친 삶에서, 거지로 살아온 악착스러움에서 해코지할지도 모른다.

'이 무슨 엉뚱한 생각이야. 그럴 분이 아니지……'

김홍도는 이내 고개를 저었다. 합죽 웃는, 순하디 순한 노파의 얼굴이 떠올랐다.

"이거면 되겠니?"

김홍도가 엽전 세 개를 아이에게 건넸다. 설마 이 많은 거지들 중에 노파를 알까 싶었지만 지푸라기라도 잡고 싶었다. 아이는 엽전을 보더니 누런 이를 드러내고는 성큼성큼 앞장섰다. 한참 후 아이가 한 곳을 가리켰다.

"나리, 이런 누추한 곳에 웬일임메?"

김홍도가 거적 앞에서 서성일 때였다.

아침 끼니를 얻어 오는지 노파가 자갈길을 비척거리며 왔다. 지팡이를 휘청거리며 걸을 때마다 바가지에서 국물이 쏟아졌다. 김홍도는 우물쩍거리다 바가지를 받아들었다.

"연홍아, 나리 왔슴메."

노파의 목소리가 높아졌다. 봄날 강가에 늘어진 능수버들에서 노래하는 꾀꼬리랄까? 어울리지 않게 목소리에 윤이 났다.

거적 안으로 들어가니 여자아이가 자고 있었다. 내쉬는 숨소리가 끊어질 듯 가냘팠다. 뼈만 남은 앙상한 몸, 핏기 없는 얼굴. 김홍도는 아이를 빤히 들여다봤다. 낯이 익었다.

"나리, 비루먹은 개만도 못한 인생이랍세. 그래도 명줄이 붙어 있는데 이대로 보낼 순 없수다. 살아날 비방이 있거늘 포기할 수는 없음메. 그림 한 폭만 줍세. 부탁합메다."

김홍도는 노파의 말이 들리지 않았다. 여자아이를 들여다볼수록 가슴 깊숙이 묻어 두었던 아픔이 돋았다. 십 년 전, 약 한 첩 못 쓰고 떠난 떠돌이 풍물패 순님이. 여자아이가 자꾸 순님이로 겹쳤다. 눈앞이 뿌옇고 목젖이 아렸다.

"내키지 않으면 그냥 가도 좋습메다. 화원님이 예까지 왔는데, 더 욕심 부리면 안 되지비."

노파의 목소리가 젖어들었다. 그래도 원망 한 조각 묻어 있지 않았다. 김홍도는 다시 한 번 무색해졌다. 사람이 살아온 처지에 따라 변한다는 편견을 언제부터 지녔을까? 강변을 뒤지며 해코지당할까 걱정했던 자신이 부끄러웠다.

"화, 화원님! 김홍도 화원님이지비? 꿈에서 봤습메다!"

여자아이가 눈을 떴다. 맑고 깊은 눈이었다.

"꿈에서 나를 봤다고?"

아이가 고개를 끄덕였다. 김홍도는 그제야 알아차렸다. 언젠가 꿈에서 함께 춤을 춘 아이였다. 남자였다가 여자였다가, 정체를 알 수 없던 아이.

"나도…… 너를 봤다……."

"정말임메까? 화원님, 정말 나를 봤습메? 거짓말 아니지비!"

연홍이가 글썽였다. 김홍도는 말없이 손을 잡았다. 가슴이 봄볕처럼 따사로워졌다. 더 이상 거지 소굴이 흉물스럽지 않고 노파도 추레해 보이지 않았다.

"이 아이, 어디가 아픈가요?"

"우리 연홍이는 밤마다 꿈을 꿈메다. 꿈을 꾸면서 쏴돌아다니지비. 꼬박 지키는데도 언제 빠져 나가는지 새벽녘에야 들어옵메. 하루는 나리랑 춤도 추었다 했슴. 하도 요상해 다리 밑 박수무당을 찾아갔더니…… 도깨비한테 홀렸다 함메다."

"도깨비와 춤을 춘다고요? 언제부터 그랬습니까?"

"에휴, 그 때를 생각하믄 가슴이 먹먹해서리……."

노파가 울먹이며 옷고름으로 눈물을 찍어 냈다.

"함경도에는 지난 몇 해 동안 가뭄과 장마로 난리를 겪었슴메. 지난여름에는 장마가 동네를 덮쳤지비. 불어난 물살에 우리 집도 휩쓸렸는데, 연홍이 아바이와 어마이는 우리를 강둑으로 밀어올리고 그만……. 겨우 목심은 살아났지만 오갈 데가 없었지비. 떠돌아다니는 우리에게 철모르는 아이들이 돌팔매질을 했는데 그 돌에 연홍이 머리통이 깨졌슴메. 그 뒤부터 밤에만 무언가에 홀린 듯 나다닙메다."

"의원한테 갔소?"

"박수무당이 화원님 그림이면 된담메다. 전에 우리 연홍이가 도깨비랑 노는데 갑자기 노새를 탄 청년이 나타났담메. 청년이 시퍼런 칼과 채찍을 휘두르니까 도깨비들이 '김홍도, 그림이다!' 외치며 달아났다 하오. 연홍이는 도깨비 세상이 좋다 지만, 도깨비는 도깨비 세상에서 살고, 산 사람은 이 세상에서 살아야잖습. 우리 연홍이가 세상에서 낙을 못 찾고 도깨비 세 상이 행복하다니…… 에휴, 기가 찹메다.”

노파가 투박한 손으로 연홍이 이마를 정성스레 쓰다듬었다.

'도깨비가 내 그림을 무서워한다고?'

김홍도는 가슴이 탁 막혔다. 자신의 그림이 과연 한 생명을 구할 만큼, 도깨비도 도망갈 만큼 신묘할까? 김홍도는 고개를 저었다. 자신이 없었다. 희망을 준다고 섣불리 그림을 줬다간 더 큰 실망만 안길 것이다. 김홍도는 어린 소녀가 마음상하는 것을 원치 않았다. 안 되는 건 처음부터 딱 잘라야 한다.

“연홍아, 내 다시 오마.”

김홍도는 연홍이의 눈길을 피하며 도망치듯 나왔다. 밀집한 움막을 지나, 동냥을 나가려고 모인 거지 떼를 스쳐 지났다. 발 걸음이 허공을 걷는 듯 기우뚱거렸다.

'무엇을 위해 그림을 그렸던가?'

오랜만에 자신에게 질문했다.

한때 김홍도는 뭇사람들에게 위안이 되는 그림을 그리고 싶 었다. 길바닥에 철퍽 주저앉아 껄껄거리던 웃음을 그리고, 세 상 만물의 조화로움과 신묘함을 화폭에 담고 싶었다. 그런데 지금은 궁궐 그림과 어진화사 생각뿐이다.

김홍도는 강가를 걸었다. 억새밭을 지나고, 구절초가 무리 지어 핀 언덕을 넘었다.

어느새 하얀 도포자락에 검불이 나풀거리고, 꽃 향기가 발자국을 따라왔다.

도깨비 놀음판

시간은 강물처럼 소리 없이 흘렀다. 마포 강변에 다녀온 후, 김홍도는 꿈 속을 헤매는 사람처럼 지냈다. 도무지 일이 잡히지 않았다.

"김홍도 말이 맞네. 보잘것없는 실력으로 나랏일을 하겠다고 나선 우리가 잘못이야."

"예, 김홍도에게 진흙을 던진 건 경솔했습니다."

도화서에서 밤늦도록 앉아 있다가 퇴실할 때였다. 도화서 화방에 불이 켜 있어 김홍도는 무심히 멈추었다.

"이번 의궤 작업에 참여하지 않는 걸 다행으로 여겨야겠어요. 그 날 이후, 여러 가지 생각을 해 봤습니다. 노파가 김홍도를 감싸던 이유도요. 노파는 김홍도의 그림에서 위안을 받기 때문이겠지요. 저도 그런 그림을 그리고 싶습니다."

박석태와 동료 화원들이 그림을 그리고 있었다. 등잔불이 방 안을 환하게 밝혔다. 김홍도는 주홍빛 불빛을 바라보았다. 박석태의 마음을 엿보는 듯 따사로웠다. 도화서 화원들이 뛰쳐나간 다음 날, 화원들은 아무 일 없었다는 듯 돌아왔다. 박석태가 화원들을 구슬려 데려온 것이다. 김홍도는 화원들끼리 나누는 얘기를 듣고 알았다. 김홍도는 박석태가 고마웠다. 하지만 마음을 표현하는 게 부끄러웠다.

"이보게, 나 좀 보세."

막 돌아서는데, 도화서 별제가 자신의 화실에서 불렀다.

"자네, 어지간히 마음 상했나 보군. 박석태와 화원들의 행동이 용납되지 않는가?"

김홍도가 자리에 앉자, 별제가 조심스레 물었다.

"아닙니다."

"그래, 다행이군. 그러면 그들이 징계받길 원하나?"

"별제 어른, 그럴 필요 없습니다. 저도 잘한 것 없으니까요."

"음, 이제야 한시름 놓이는군. 그나저나 왜 이리 기운이 없어, 뭐에 홀린 사람 같구먼."

"네. 도깨비에 홀렸나 봅니다."

"사람, 농담은! 자네가 의궤 제작 준비에 신경이 곤두섰나 보군. 안 하던 농담까지 하고."

말은 그렇게 했지만 별제도 김홍도가 달라진 것을 느꼈다. 좀처럼 흐트러진 모습을 안 보이는 김홍도가 여린 소리를 할 때는 큰 고민임에 틀림없었다.

"자네, 평생 그림 그리며 살다 보면 무엇을 얻는지 아나?"

"……."

"바로 사람의 마음을 알아보는 것이라네. 요즘 자네는 마음의 갈림길에서 갈피를 잡지 못하는 듯해. 그렇지?"

김홍도는 한참 동안 말없이 있다가 마음 한 자락을 내비쳤다. 이해심이 깊은 별제라면 마음을 풀어도 좋을 듯했다.

"별제 어른, 혹시 꿈인지 생시인지 헷갈린 적 있습니까? 도깨비 세상 같은 거…… 말입니다."

"그야 많지. 믿을 수 없는 일, 믿어지지 않는 일, 믿고 싶지 않은 일들이 세상엔 허다하지 않던가. 자네, 믿어지지 않는 현실을 맞닥뜨리면 그대로 받아들이게. 자네는 화가가 아닌가. 믿기지 않는 것, 꿈인지 생시인지 모르는 세상도 그려 보게. 도깨비 세상도 자네 화폭에 담아 볼 만하겠군. 하지만 그 일은 의궤 제작이 끝난 후에 하게나. 지금은 궁궐 행사만 생각하고, 허허허!"

별제가 사람 좋게 웃었다.

"그래야 하는데……. 별제 어른, 그림에 힘이 있을까요? 있다면 그 힘은 무엇일까요?"

"이런! 천재 화원답지 않게 엉뚱한 질문이야, 자네가 더 잘 알면서. 그 힘이 어떤 것인지 정녕 모른단 말이야?"

별제는 말을 잠시 쉬었다. 그런 다음, 김홍도를 바라보며 덧붙였다.

"난 그림의 힘을 권력과 명예 얻는 데에 힘쓴 사람일세. 그러나 자네는 다를 게야. 자네는 가고자 하는 그 길로 가게. 어렸을 적부터 스승들한테 배운 그 길로 말이야……."

별제가 정점을 찍듯 딱 부러지게 말했다.

김홍도는 그제야 환히 웃었다. 방향을 잃었던 길을 훤히 찾은 것처럼 모든 게 분명해졌다. 궁궐 행사를 담는 일, 자신의 이름을 드러내는 일만 중요하랴. 지금 김홍도는 역사에 남길 의궤 제작보다, 자신의 이름을 후대에 알리는 것보다 중요한 일이 있다. 죽어 가는 사람을 살리는 것. 그게 가장 필요한 일이다. 자신을 좋아하는, 자신의 그림을 좋아하는 사람에게 위안을 주고, 기쁨을 주고, 행복을 주는 그림을 그려야 한다. 감상자가 없는 작품을 무엇에 쓰리! 그들이 없다면 작품은 아무 소용없다.

어둠이 짙었다. 세상은 어두워도 바람은 억새밭을 지나고 강물은 쉼 없이 흘렀다. 어디선가 거지들이 노래를 부르는가 싶더니 행패를 부리는지 떠들썩했다. 횃불을 든 김홍도의 발걸음이 바빴다.

"연홍아, 나도 도깨비 세상에 데려가 다오."

김홍도가 움막으로 들어서니, 노파와 연홍이 깜짝 놀랐다.

"화원님, 당치 않은 소리 맙소. 어찌 산 사람이 도깨비 세상에 간단 말이오?"

노파가 차갑게 나무랐다. 의외였다. 김홍도는 어안이 벙벙했다.

"늦게 와서 서운한 게요? 미, 미안하오."

"그게 아닙메다. 도깨비 세상은 연홍이가 꾸는 꿈임메. 그 세상은 제정신으론 갈 수 없는, 헛것들이 헤매는 세상인데 어찌 화원님이 따라가겠슴. 당치 않수다. 우리는 화원님 그림을 원했지, 화원님이 위험에 처하는 것은 원치 않슴메다."

"걱정 마시오. 그들은 해코지하지 않을 겁니다. 내가 가서 도깨비들이 무엇을 좋아하는지, 어떤 그림을 무서워하는지 알아보겠소."

"아니 되오. 화원님이 젊은 의기로 나서지만 그럴 순 없지비. 화원님의 그 마음만 받겠음메다. 자꾸 엉뚱한 소리를 하려면 어서 가우다."

노파가 움막 밖으로 김홍도를 밀었다.

"할마이, 화원님이랑 가겠슴메다. 도깨비 세상이 얼마나 행복한지 보여 주고 싶습메."

연홍이가 노파의 치맛자락을 붙잡았다. 아직도 도깨비 세상에 취한 듯 몽롱한 눈빛이었다.

"니 무스그 얘기를 하노? 아니 됨메."

"도깨비는 나쁘지 않습메다. 도깨비들도 화원님의 그림 재주를 보면 좋아할 것임메."

"그래, 가자. 도깨비 세상에 가 보자. 네가 그 길을 안내해 다오."

김홍도가 연홍이 발목에 방울을 달아 주었다.

밤은 더욱 깊었다. 요란법석을 떨던 거지들도 잠들었는지 강변이 잠잠했다.

김홍도가 구석에서 꾸벅꾸벅 졸 때였다. 딸랑딸랑, 방울이 흔들렸다. 김홍도가 눈을 뜨니 노파는 멍석 위에서 자고, 연홍이가 보이지 않았다. 김홍도는 부리나케 연홍이를 쫓았다.

자욱한 물안개 속으로 방울 소리가 걸어갔다. 김홍도는 멈칫했다. 안개 너머엔 무한 공간, 깊이 모를 세상이 펼쳐질 것이다. 김홍도는 마음을 다잡고 안개 속으로 들어섰다.

쉬익, 쉬익. 새벽 공기를 가르고 무언가 스쳤다. 김홍도가 우거진 풀길을 지나 언덕으로 오르니 억새밭이 환했다. 바람 한 줄기에 하얀 억새꽃이 눈꽃처럼 날아올랐다.

"꽃분아~ 히히히히, 하하하하!"

웃음소리가 들렸다. 연홍이가 깔깔거리며 달려가는 소리도 들렸다.

김홍도의 발걸음이 빨라졌다. 억새밭을 헤치고 지나자 거친 잡풀과 가시밭이었다. 도포자락이 풀에 휘감기고, 여린 살갗이 가시에 긁혔다.

"연홍아, 어디 있니?"

김홍도가 애타게 불렀다. 하지만 연홍이는 대답이 없었다. 무언가 덤불숲을 휙휙 스치고 낄낄거리는 낮은 웃음만 맴돌았다.

김홍도가 청미래 덩굴과 칡이 뒤엉킨 덤불숲을 지나자 노랫소리가 들려왔다. 풍물 소리, 히히히 흐흐흐 재밌어 죽겠다고 배꼽 잡고 웃는 소리가 와자했다. 숲 속 텅 빈 공간에 흥겨운 잔치가 벌어졌다. 도깨비 놀음판이었다.

'세상에! 정말 도깨비 잔치군.'

김홍도는 꿈인지 생시인지 믿어지지 않았다. 연홍이가 말하는 도깨비 세상이라는 게 거지 떼가 모인 놀이판일 줄 알았다. 그런데 그림 속 풍경도 아니고, 도깨비라니!

김홍도는 나무 뒤에 숨어 도깨비 잔치를 훔쳐보았다. 놀이판에서 연홍이가 춤을 추고 있었다. 연홍이 얼굴색이 연분홍 복사꽃처럼 화사했다.

김홍도는 화선지를 꺼내 들었다. 정신없이 도깨비 잔치를 그리고 연홍이를 그렸다.

"넌 누구냐?"

"초대하지 않았는데 왜 왔지?"

"우리 방망이를 훔치러 왔나 봐. 혼내 주자."

방망이를 어깨에 둘러찬 도깨비, 파란 배자를 입고 패랭이를 쓴 도깨비, 끝이 안 보일 정도로 커다란 도깨비, 몽달 도깨비, 산도깨비 등이 험상궂은 표정을 지었다. 히히히히, 흐흐흐! 형체 없는 웃음들이 허공에 떠다녔다. 연홍이도 다가와 김홍도를 빤히 보았다.

"연홍아!"

김홍도가 불렀지만, 연홍이는 김홍도를 알아보지 못했다.

"왜 왔어? 우리 꽃분이랑 노는 데 왜 훼방이야? 이건 뭐지?"

도깨비 하나가 방망이로 김홍도 그림을 풀썩였다.

"으응, 난 화공이야. 너희 잔치가 흥거워 그림을 그리러 왔단다."

김홍도가 그림을 내보였다.

"히야, 김 서방, 잘 그린다."

"어, 내가 김 서방인 줄 어찌 알았니?"

"응? 우리는 김 서방밖에 몰라. 김 서방아, 나도 그려 줘."

김홍도를 위협하던 도깨비들이 천진한 아이처럼 그림 구경에 빠져들었다. 형체 없는 웃음도 뚝 끊긴 채, 숨소리만 쌕쌕거렸다. 김홍도는 춤추는 연홍이를 그리고, 뱅글뱅글 맴도는 도깨비를 그리고, 형체 없는 웃음도 색으로 물들였다. 그러자 그림 속 인물들이 그림 밖으로 튀어 나왔다.

"히야, 김 서방 최고다."

도깨비들은 그림 도깨비와 어우러졌다.

"김홍도보다 더 잘 그린다!"

파란 배자를 입고 패랭이를 쓴 도깨비가 어깨에 방망이를 걸치며 말했다.

"너, 김홍도 아니?"

김홍도가 깜짝 놀라 물었다.

"아니. 전에 김홍도 그림을 장에서 봤어. 근데 도깨비를 쫓아 내는 신선을 봤지 뭐야. 어휴, 생각하기도 싫어."

김홍도는 고개를 끄덕였다. 자신도 꿈 속에서 본 그림. 전에 습작으로 그렸던 도석인물화(道釋人物畵, 신선이나 불교의 고승·나한 등을 그린 그림)의 신선이었다. 그 중 채찍을 든 청년 여동빈이 분명했다. 김홍도는 구슬땀을 씻으며 슬며시 붓을 내려놓았다.

"김 서방아, 왜 그래? 어서 더 그려."

"안 돼. 난 바빠서 그만 가야 해. 궁궐 잔치를 그려야 하거든."

"뭐, 궁궐 잔치라구?"

도깨비들이 고개를 번쩍 들었다.

"응! 세상에서 제일 재미있는 궁궐 잔치가 열린단다."

"김 서방아, 궁궐 잔치가 그렇게 재밌어? 우리도 데려가 줘라."

"그러엄, 세상에서 제일 재미있지. 하지만 너희는 안 돼. 궁궐은 아무나 못 가거든. 내가 데려가고 싶어도 궁궐 동물과 도깨비들이 가만 두지 않을걸?"

"하긴 그래. 궁궐 도깨비 녀석들은 얼마나 잘난 척하고 거들먹거리는지 몰라. 우리가 궁궐 구경 좀 하려면 얼씬도 못 하게 난리친다니까."

"그래, 궁궐을 지키는 동물들은 아주 무섭지."

"그래도 가고 싶다."

도깨비들이 무척 아쉬워했다. 김홍도는 은근슬쩍 도깨비들을 떠보았다.

"내가 궁궐 잔치 그림을 그려다 줄까?"

"정말?"

"그래. 대신 내 소원 하나만 들어줘. 그렇지 않으면 그림을 주지 않을 거야."

"좋아. 뭐든지 말해, 다 들어줄게."

"좋아, 이젠 연홍이랑 놀지 마."

"꽃분이랑……."

"안 돼! 김 서방, 너 우리 꽃분이 빼앗으려는 거지?"

"김 서방을 혼내 주자."

형체 없는 웃음들이 소리쳤다. 그러자 다른 도깨비들도 씩씩거렸다.

"흥, 싫으면 관둬라. 너희는 내 그림 갖고 싶지 않은가 보지? 연홍이랑 노는 것보다 더 신나는 잔치 그림을 주려고 했더니. 에잇, 도깨비들은 복도 지지리 없군. 알았어. 난 갈 테니, 너희는 연홍이랑 놀아라."

"아, 알았어. 김 서방, 꽃분이랑 안 놀면 그림 줘야 해. 안 그러면 꽃분이 데려간다."

"그래. 시월 열하룻날 임금님 잔치가 열릴 거야. 그 날 꼭 그려다 줄게. 약속해."

"우리도 약속해!"

어느새 동쪽 하늘이 푸르스름한 새벽빛을 띠었다. 도깨비 마을에서 먼저 나온 김홍도는 덤불숲에 숨었다. 새벽닭이 울자, 연홍이가 덤불숲을 헤쳐 나왔다. 김홍도는 아직도 꿈 속에서 헤매는 연홍이와 함께 억새밭을 지나왔다. 도깨비 세상에선 봄새처럼 재재대던 연홍이가 세상으로 나오자 점점 맥을 못 췄다. 김홍도는 연홍이를 안고 안개를 헤치고 움막으로 돌아왔다. 그러고는 김홍도도 그대로 고꾸라져 잠에 빠졌다.

궁궐 잔치

"자네, 괜찮은가? 도화서에도 나오지 않고, 집에도 없다고 하여 얼마나 걱정한 줄 아나? 도대체 어디 갔던 게야?"

사흘 뒤에야 도화서에 나타나자, 별제를 비롯한 화원들이 뛰어나와 반겼다. 김홍도는 그제야 제자리로 돌아온 안도감에 젖었다. 다른 세상을 엿본 게 힘겨웠을까? 내리 이틀을 움막에서 자고 난 뒤였다.

"중요한 일이 있었습니다. 별제 어른, 나중에 말씀드리지요. 그나저나 궁궐에 보고할 일이 많았을 텐데……."

"박석태 화원이 급한 대로 처리했다네."

박석태가 뒤쪽에 머쓱한 표정으로 서 있었다.

"선배, 〈경현당 수작도〉를 끝내면 신선도를 그릴까요? 선배는 도석인물화에 탁월하니 한 수 가르쳐 주십시오. 지난번에는 제가 무례했습니다."

김홍도가 빙긋 웃으며 박석태의 손을 잡았다.

"자네, 나보고 수작도 작업에 참여하라는 건가?"

"예, 별제 어른이 천거한 화원들도 부탁드립니다."

"저, 정말이야?"

화원들이 술렁거렸다. 누구는 어디 아픈 게 아니냐고 수군 거렸다. 김홍도는 화원들의 수군거림도 편안하게 들렸다. 마음을 열면 다른 세상이 보인다는 걸 알면서도, 왜 그리 어려운 것일까? 사람과 사람, 세상과 만물로 들어서는 길은 참으로 쉬운 것을. 모처럼 허물없이 화원들과 웃고 떠드는 가운데 김홍도의 가슴 속에 시원한 바람이 불었다. 가을햇살처럼 따사로운 바람이었다.

시월 열하룻날, 가을 단풍에 인왕산이 붉다. 하얀 바위에도 울긋불긋 가을빛이 물들었다.

모든 잔치 준비는 끝났다. 김홍도와 도화서 화원들도 경희궁에 있는 경현당으로 갔다.

잔칫상 앞에는 임금과 중전, 혜경궁 홍씨, 세손과 세손빈 그리고 왕가 친지들이 앉아 있었다. 대신들이 임금에게 축하 인사를 올리자, 왕은 기쁘게 잔을 받았다. 엄숙하게 앉은 임금도, 왕족들도, 대신도 흐뭇한 잔치였다.

김홍도는 〈경현당 수작도〉를 그렸다. 오로지 순수하고 정갈한 마음으로 붓질을 했다. 김홍도를 비롯한 도화서 화원들도 행사 하나하나 놓치지 않고 기록화로 남겼다. 지엄하신 용상을 그릴 순 없으니 옥좌만 그렸고, 대신들의 축하 모습이며, 풍성한 음식, 잔치를 흥겹게 하는 악사들도 그렸다. 또한 임금의 장수를 비는 무용 의식도 섬세하게 묘사했다. 뭇 백성부터 녹을 받는 대신과 왕손들의 마음과 정성을 담아내려고 애썼다. 이후 〈경현당 수작도〉를 통하여 후대 왕들은 이 날의 행복했던 잔치를 감상할 것이다.

잔치는 밤늦도록 계속 이어졌고, 그림 작업도 절정에 다다랐다. 궁궐 안팎에 등불이 켜지자, 한양 사대문 안이 대낮처럼 훤했다. 궁궐 전체가 꽃등을 단 배같이 어둠 속에서 둥둥 떠다니는 듯했다. 악사들의 연주가 강물처럼 유유하게 울려 퍼졌다. 궁궐 밖에서도, 저잣거리에도 크고 작은 잔치가 벌어졌다. 떠돌이 풍물패들도 곳곳에서 잔치판을 벌였다. 백성들은 신기한 볼거리에 입을 다물지 못했다.

도깨비들도 궁궐 가까운 골목에 숨어 있었다. 궁금하고 좀이 쑤셔 도깨비 세상에 박혀 있을 수 없었던 것이다.

"히야, 궁궐 잔치 재밌겠다. 우리도 몰래 들어가 볼까?"

"안 돼, 그러다 경을 치려고? 저기 궁궐을 지키는 녀석들 봐. 눈이 퉁방울 되어 부릅뜨고 있잖아. 저 녀석들은 궁궐 잔치가 궁금하지 않나 봐."

도깨비들이 궁궐에 접근하자 낌새를 알아차린 석상들이 으르렁거렸다.

"네 이놈들! 여기가 어디라고 기웃거리는 게야?"

"아냐, 아냐! 우린 그저 김 서방을 기다릴 뿐이야."

"어디서 감히 도깨비들이 수작이야. 궁궐에는 너희를 만날 김 서방이 없으니 썩 물러가. 그렇지 않으면 네놈들 뿔을 모두 뽑아 버리겠다."

추녀마루에서 턱하니 버티고 있던 잡상들이 눈을 부라렸다.

"아, 알았어. 지금 돌아갈게."

도깨비들이 자신의 뿔을 잡고 뒤를 힐끔거리며 물러섰다.

"에잇, 내 뿔이 뽑힐 뻔했네. 그런데 무지 궁금해 죽겠다."

"조금만 참아. 김 서방이 잔치 그림을 가져온댔잖아."

도깨비들은 아쉬운 듯 입을 쩍쩍 다시며 골목 안을 서성거렸다.

마침내, 궁궐 문이 열렸다. 거나하게 취한 대신들이 나가고, 각 부서에서 일한 사람들도 작은 문으로 빠져 나왔다.

"김 서방이다!"

도깨비들이 맨 마지막에 나오는 김홍도를 보고 팔짝팔짝 뛰었다.

"이봐, 김 서방! 여기야, 여기!"

방망이를 든 도깨비가 김홍도 곁으로 달려갔다.

"아니, 여긴 웬일이냐? 궁궐에 함부로 와선 안 되는 것도 몰라?"

"알아. 하지만 참을 수 있어야지."

"김 서방, 궁궐 잔치는 재미있었어?"

"그럼, 그렇게 재밌는 잔치는 처음 봤다."

"에잇, 그만 떠들고 그림이나 보여 줘."

"잠깐! 다시 한 번 약속해. 그림을 줄 테니, 연홍이랑 놀면 안 돼."

"알았어, 김 서방. 우린 약속을 지켰다, 뭐. 한 번도 꽃분이랑 안 놀았어. 그러니 그림 좀 빨리 보자."

도깨비가 김홍도의 손에서 그림을 낚아채었다.

"히야, 김 서방. 이게 궁궐 잔치야?"

그림을 펼치자마자, 악기 소리가 우렁찼다. 무희들이 무대 위에서 춤을 추었다. 도깨비도 눈을 휘둥글리며, 그림 속 장단에 맞추어 춤을 추었다. 그러자 무희들이 덩실덩실 춤을 추며 나왔다. 악사들도 어느새 그림 속에서 나와 신명나게 연주했다.

"고마워, 김 서방!"

도깨비들이 덩실거리며 손을 흔들었다. 그러고는 펑! 눈 깜짝할 사이에 사라졌다.

김홍도는 서둘러 마포 강변으로 향했다. 강가에도 여기저기 횃불이 활활 피어올랐다. 궁궐 잔치의 흥이 거지 소굴에도 퍼진 모양이다. 모처럼 웃고 떠드는 소리가 흥겨웠다.

"이 그림을 연홍이 몸에 지니게 하세요."

김홍도는 노파에게 신선도 한 장을 건넸다.

"이 신선을 꿈에서 봤음메. 도깨비들이 무서워함메다."

"맞아. 중국 고사에 나오는 신선 여동빈이야."

"중국 신선임메까? 그런데 조선 사람 같슴메."

"연홍이도 그림 보는 안목이 깊구나. 그래, 조선 화법으로, 조선의 인물로 시도해 봤다. 좀더 연마하여 조선 화법을 완성할 생각이야."

김홍도는 연홍이의 손을 잡았다. 고마웠다. 연홍이는 김홍도에게 새로운 꿈을 갖게 한 것이다. 더욱 보이지 않는 세상, 도깨비 세상까지 그림 세계를 넓혀 준 셈이다.

"화원님, 이 은혜를 어찌 갚는둥!"

"제가 고맙습니다. 연홍이 때문에 딴 세상도 보았는걸요. 연홍아, 다부지게 살아라. 이 세상에서 마음껏 행복해야 해."

"알겠음메다. 그림 보며 화원님을 생각하겠슴메."

연홍이 얼굴이 발그레 물들었다.

"항상 건강하세요."

김홍도가 노파의 두 손을 꽉 움켜잡았다.

"나랏님을 그린 분이 어찌 이 더러운 손을……."

노파가 화들짝 놀라 손을 빼려고 했다. 김홍도는 잡은 손에 힘을 주었다. 노파의 울퉁불퉁 굵어진 손마디며 터져 버린 손등이 애처로웠다.

"틈나는 대로 또 오겠습니다."

"아, 아닙메다. 이제는 오지 맙세. 큰일 할 분이 저희 같은 것에 신경 쓰면 되겠슴메. 우리는 날이 차가워지기 전에 여길 뜰까 함메다. 따스한 곳에 가서 자리잡으려 함메다."

노파의 얼굴이 밝았다. 연홍이의 얼굴도 한결 건강해 보였다.

'연홍이와 노파의 앞날이 꽃비 내리는 환한 길이기를…….'

김홍도는 진심으로 빌며 움막을 나왔다.

김홍도는 강변을 천천히 거닐었다. 이제 자신의 그림은 한결 더 풍성하고 따스해질 것이다. 어둠 속에서 강물이 어룽거렸다. 김홍도는 하늘을 올려다보았다. 수많은 별들이 무리지어 있었다. 별빛도 강물 위로 쏟아지고, 강 언덕 숲 속에서는 도깨비불이 희롱거렸다.

"누구나 한 번쯤은 세상의 한가운데에서 신명난 도깨비 놀음을 하는 것이다!"

김홍도는 들고 있던 횃불을 휘휘 저었다. 횃불에서 떨어져 나간 작은 불꽃도 도깨비불인 양 포르르 날아올랐다.

느티나무가 있는 풍경

어린 도둑

길은 멀었다. 가도 가도 산이요, 보이는 건 나무와 하늘뿐이다. 새조차 날갯짓을 접는 고갯길. 구름도 쉬고, 바람도 멈추었다. 조랑말도 힘겨운지 걸음이 느렸다.

"사또, 힘드시지요? 가마 타고 가시면 이런 고생 안 할 텐데……."

견마잡이를 하는 통인(관아의 심부름꾼) 김 서방이 안쓰럽게 바라보았다.

"괜찮네. 자네가 고생이 많구먼."

김홍도는 통인에게 웃었다. 찬바람에 입김조차 얼어붙어서, 김 서방의 말마따나 신연맞이(도나 군의 장교·이속들이 새로 부임하는 감사나 수령을 그의 집까지 찾아가서 모셔 오던 일)하러 온 이방과 관속들을 보낸 게 슬쩍 후회되었다. 신관 사또 부임 행차에 고을 백성들도 나오지 말라 했으니, 관아에 닿을 때까진 줄곧 고생길일 것이다. 그래도 김홍도는 마음을 다잡았다. 이깟 추위에 떨어서는 안 된다.

"전하, 하명을 거두어 주옵소서. 중인인 화원에게 한 고을을 맡기다니요. 지나친 분부이옵니다."

조정 대신들의 빗발치던 항의가 아직도 귓가에 떠돌았다. 임금(정조)이 어진을 그린 공로로 김홍도에게 벼슬을 내리자, 몇몇 신하가 거세게 반발했다. 임금과 정치의 뜻을 달리하는 노론에서 더욱 못마땅하게 여겼다. 그러나 임금은 꼿꼿했다.

"예전에도 화원을 수령 자리에 앉힌 적이 있소. 그러니 더이상 말하지 마시오. 연풍 현감 김홍도, 그대는 백성을 다스리는 틈틈이 단양팔경을 그려 올려라."

김홍도는 가슴이 벅찼다. 임금이 내려 주신 성은, 그것을 어찌 다 갚으리. 김홍도는 임금에게 누가 되고 싶지 않아 신관 사또라면 으레 하는 신연맞이도 물렸다. 더구나 나라에선 지금 알곡 한 톨이라도 아껴야 하거늘, 사또 행차에 막대한 돈을 낭비하며 요란스레 떠벌일 순 없었다.

'전하, 백성들을 살뜰히 보살피겠나이다.'

김홍도는 품 속을 보듬었다. 전 연풍 현감에게 넘겨받은 인장이 묵직하게 느껴졌다.

가파른 바위 기슭을 벗어나니 산머리에 닿았다. 김 서방이 바투 쥔 말고삐를 풀자, 조랑말이 푸르르 투레질하며 숨을 골랐다. 김홍도도 거친 숨을 뱉으며 한기를 몰아 내었다. 몸이 덜덜 떨렸다.

"사또, 울고 왔다 울고 가는 연풍 원님 얘기해 드릴까요?"

김 서방이 얼른 바람의 방향과 반대쪽으로 말을 돌렸다. 김홍도는 작은 것 하나에도 정성을 쏟는 김 서방이 고마웠다. 얼마 전에 만났지만 살가운 사람임에 틀림없다.

"울고 왔다 울고 가는 원님이라……, 그거 재미있겠구먼. 어서 해 보게."

"예. 연풍은 외진 시골이라 신임 사또들은 어찌 살까 눈물을 흘립지요. 하지만 임기가 끝나면 울면서 간답니다. 왜 그런지 아세요?"

"글쎄, 고생한 게 서러워 그런 겐가?"

"아닙니다. 고을 사람들과 정이 들어 그럽지요. 사또, 연풍은 작은 고을이지만 사또께서도 정이 흠뻑 들 겁니다. 저곳이 바로 연풍입니다."

김 서방이 산 아래를 가리켰다. 골짝 밑에 자그마한 마을이 펼쳐져 있었다.

'연풍이라…….'

김홍도는 옹그렸던 몸을 폈다. 그림을 그리는 화원이 아닌 한 고을의 어버이로서, 백성들을 다스리는 관리로서 서야 할 곳이다. 김홍도의 심장이 두방망이질 쳤다. 1792년 정월 초이레, 엄동설한이라 그럴까. 마을이 썰렁했다. 오가는 사람도 보이지 않고 써늘한 기운마저 감돌았다. 말에서 내린 김홍도는 이상하게 여기며 관아로 들어섰다.

"이보게, 김 서방. 관아를 지키는 나졸이 왜 한 명도 보이지 않는 겐가?"

"저어…… 저녁밥을 먹으러 간 모양입니다……."

김 서방이 우물쭈물 얼버무렸다. 그러고는 관아의 기강이 해이하다고 호통 칠까 싶어 재빨리 말을 이었다.

"사또, 행차를 알릴까요?"

"아닐세. 조용히 들어가세."

김홍도가 앞장서 안뜰로 들어가니, 아담한 동헌이 한눈에 보였다. 풍락헌(豊樂軒). 지은 지 얼마 안 되었는지 현판의 글씨가 깔끔하고, 살포시 하늘로 솟은 겹처마 팔작지붕이 고왔다. 안뜰에는 어린 느티나무가 두 그루 있었는데, 거기에 남자아이가 숨어 있었다. 아이는 바가지를 끌어안고 발을 동동거렸다.

"수찬아, 거기서 뭐 하느냐?"

"예에? 아, 아니에요."

김 서방이 부르자 수찬이가 화들짝 놀라 달아났다. 그 때 옆
건물에서 카랑한 목소리가 울려 퍼졌다.

"못된 것! 신관 사또를 맞이하려고 정신없는 틈에 도둑질이야?"

이방이 사창(조선 시대 각 고을에서 세금을 거둔 곡식을 저장해 두던
창고)에서 나왔다. 뒤이어 여자아이가 나졸한테 끌려 나왔다.
아이의 치맛자락에서 곡식이 쭈르르 쏟아졌다.

"이년, 누구랑 한 거야? 지난번에도 너희 짓이지?"

"저 혼자 했다니까요. 이방 어른, 양반들한테만 들붙지 말
고 마을 사람들도 좀 살피세요. 오늘도 호방 어른이랑 나졸들
이 안말 대감 댁 매 사냥에 간 거 다 알아요."

"이, 이년이 어디서 훈계야? 안 되겠다. 당장 이년의 볼기를
쳐라. 사또가 오기 전에 버릇을 고쳐야겠어."

이방의 서슬이 퍼랬다.

"자꾸 이년저년하지 마세요. 제 이름이 길조라는 거 모르셔
요? 돌아가신 어머니가 지어 줬잖아요. 기쁜 일을 알려 주는
새, 길조(吉鳥)처럼 심부름하시는 아버지가 관아에 좋은 소식만
전하라고요."

"아이고, 저 애가……."

안절부절못하던 김 서방이 더 이상 안 되겠다 싶었는지 목
청껏 소리쳤다.

"신임 사또 행차요!"

순간 동헌은 시간이 멈춘 듯 정지되었다가, 조임새 풀리듯 부산스러워졌다.

"사또, 미리 연락을 주셨으면 마중 나갔을 것이온데……."

이방이 달려와 머리를 조아렸다. 그러고는 김홍도를 힐끗 훑어보았다.

'말은 신연맞이며 백성들의 환영 인사를 마다했지만, 은근히 기대했는지 몰라.'

이제껏 신임 사또치고 부임 행차에서 거들먹거리지 않는 사람은 단 한 명도 못 봤다. 그런데 중인 출신인 김홍도가 마다하다니. 이방은 남들 다 하는 걸 안 하는 김홍도가 마음에 들지 않았다. 별것 아닌 것에 유별나게 굴면 꼭 골치 아픈 법이다.

"이 아이는 누구요? 무슨 일로 관아의 곡식을 훔친 거지?"

김홍도가 동헌 툇마루에 오르며 물었다.

"사또, 죽을죄를 졌습니다. 제 딸아인데 배곯는 아이에게 준다고 몹쓸 짓을 했나 봅니다."

김 서방이 달려 나와 엎드렸다.

김홍도는 그제야 동네가 왜 썰렁했는지 알 것 같았다. 지난해에 전국적으로 가뭄이 들고 돌림병이 휩쓸었는데, 연풍도 예외는 아닌 듯했다.

"사또, 훔친 건 잘못했는데요. 창고에 있는 곡식 좀 나눠 주세요."

여자아이가 당돌하게 말했다. 김홍도는 길조를 보았다. 똥 그란 눈망울이 맑은 아이였다.

"이방, 아이를 풀어 주고 곡식 한 가마니 가져오구려."

"예에? 사또, 절차를 따르지 않고……."

"절차는 다녀와서 따집시다."

이방은 못마땅한 듯 머뭇거리다 나졸한테 고개를 끄덕였다.

"얘야, 앞장서거라. 동네 한 바퀴 돌아보자꾸나. 이방은 호방과 나졸들이나 불러들이구려."

김홍도가 길조를 앞세웠다. 그 뒤를 김 서방이 곡식을 짊어지고 따랐다.

"허허, 업무 파악도 안 하고 마을부터 돌다니. 중인이라 역시 일의 앞뒤를 모르는군."

이방이 혀를 찼다. 이방은 김홍도가 중인인 게 싫었다. 양반 출신 현감들은 신분이 낮은 중인의 뒤를 이어 재직하면 체면이 깎인다고 여겼다. 그래서 한 번 중인이 현감으로 온 마을에는 중인만 오는 경우가 많았다. 이것은 마을의 격이 낮아지는 일이다. 겉으로 드러나지 않지만 이방들 사이에서도 목에 힘을 줄 수 없다. 한양에서 내로라하는 집안사람이 현감으로 온 마을은 그 권세에 힘입어 이방도 기세등등했다. 더구나 연풍은 다른 고을보다 작은데 중인 출신 현감이라니. 이방은 영 입맛이 썼다.

"만구야, 나 왔어."

길조가 낡은 초가로 뛰어들었다. 몇 년째 지붕을 못 얹었는지 짚이 썩었고, 흙벽도 허물어진 초가였다. 차가운 아랫목에 네다섯 살쯤 되는 아이가 누워 있었다. 수찬이가 아이에게 멀건 죽을 떠먹이고 있었다. 몇몇 아이들도 윗목에서 허겁지겁 숟가락질을 해댔다.

"이 아이는 어찌 이러고 있나? 아이 부모는?"

김홍도는 자신도 모르게 목소리를 높였다.

"돌림병으로 죽었습니다. 친척도 없고, 마을 사람들이 곡식을 한 줌씩 보태 주어 살고 있지요."

"쯧쯧쯧, 마을 형편은 어떤가?"

"하루 한 끼조차 못 때우는 집이 50여 채는 될 겁니다."

"이런, 안 되겠군. 아이를 업게. 관아로 데려가세."

"사또, 관아는 사사로운 곳이 아닌데 어찌 아이를 데려간다 하십니까?"

"그 넓은 관아에 아이 하나 있을 곳이 없겠는가?"

김홍도의 목소리가 다시 높아졌다.

"아버지, 저희랑 살면 되잖아요."

길조가 눈빛을 반짝였다.

"길조야, 한 칸밖에 안 되는 방이라 지낼 수 없어."

"아저씨, 저랑 지낼게요. 아버지가 이방인데, 사또의 부탁을 거절하시겠어요?"

수찬이가 만구를 들쳐 업었다. 아이들이 우르르 몰려와 만구를 받쳤다.

"너희가 기특하구나. 과연 연풍의 아이들이구먼! 김 서방, 이 아이들에게 곡식을 나누어 주게."

김홍도는 아이들을 다정스레 보았다.

바깥에는 어둠이 짙었다. 섣달 삭풍이 굶주린 승냥이처럼 으르렁거리며 을씨년스럽게 휘몰아쳤다. 마을을 돌아보는 김홍도의 발걸음이 점점 무거워졌다. 신임 사또의 부풀었던 꿈은 막중한 짐이 되어 어깨를 짓누르기 시작했다.

대기근

"물……, 물 좀 주시오……."

"엄마, 배고파……."

1793년, 새해가 되자마자 사람들은 마른 나무 쓰러지듯 고

꾸라졌다. 갓난아기들은 어미의 마른 젖을 빨며 칭얼거리다 그
것도 힘에 겨운지 어미 품 속에 머리를 묻었다. 아이들의 눈망
울이 휑했다. 배고픔도 고통도 담을 힘이 없는 공허한 눈빛이
었다. 사내들은 안타까움에 한숨만 쉬고, 김홍도도 맥없이 그
들을 바라보았다.

연풍으로 내려온 지 벌써 2년째. 내리 가뭄이다. 부임 첫날,
김홍도는 길조를 따라가 굶주리던 230여 명을 구했다. 그 후 풋
바심(채 익기 전의 벼나 보리를 미리 베어 떨거나 훑는 일)으로 겨우 보
릿고개를 넘겼으나 비는 내리지 않았다. 상암사를 다시 짓고
기우제를 드려도 소용없었다. 여름 내내 지글지글 끓더니 가을
에 얻은 것은 쭉정이 몇 줌뿐. 겨울을 이겨 낼까 조마조마하던
차에 일은 그예 터졌다. 혹한까지 겹친 것이다.

"사또, 연풍 백성 5천 명 가운데 3천여 명이 굶주리고 있습니다."

"이 일을 어쩐다. 조정에서는 아직 구휼미가 내려오지 않았
는가?"

"예, 나라 전체가 극심한 기근에 허덕인답니다. 충청감영이
있는 공주도 1급 재해라는군요. 그러니 연풍까지 오는 데에는
시간이 걸릴 겁니다."

이방의 보고는 참담했다.

"얼른 사창을 열게. 병든 사람은 따로 모아 치료하고, 부모

잃은 아이는 관아로 데려오게."

"사또, 더 이상 창고를 비우면 안 됩니다. 쓸 데가 많을 텐데 고을 살림을 거덜 내서야 되겠습니까? 더구나 아이들을 관아에 둘 순 없습니다."

"어허, 이보다 더 급박한 일이 있겠는가? 지금은 아이들을 보살필 사람도 없으니 관아에서 돌보세. 서두르게."

김홍도는 열두 번이나 고을을 돌며 곡식을 풀었다. 임시 피난소를 만들고, 먼 마을에는 곡식과 장을 갖다 주어 목숨을 잇게 했다. 그러나 창고는 금세 바닥을 드러냈다. 김홍도가 자신의 녹봉까지 내놓았어도 모자라기는 마찬가지였다.

김홍도는 동헌 마루에 풀썩 앉았다. 풍락헌. 현판의 글씨가 또렷했다.

'동헌 이름이 재물이 넉넉하여 백성들이 안락한 집이거늘……. 어떻게 해야 백성들이 배 두드리며 태평가를 부를까?'

김홍도는 두려웠다. 그림이나 그릴 자가 괜한 욕심으로 벼슬자리에 올라 애꿎은 백성들만 고생시키는 것은 아닌지……. 김홍도는 잿빛 하늘만 무력하게 쳐다보다 벌떡 일어났다. 그래도 무언가 해야 한다.

"봄보리가 날 때까진 가진 것을 나누어야 합니다. 어렵겠지만 보태 주십시오."

김홍도는 양반 댁이나 부잣집으로 원납전 동냥을 다녔다. 아쉬운 소리를 할 줄 모르는 김홍도에겐 여간 힘겨운 일이 아니었다. 어떤 양반은 먹을거리가 충분치 않으면서도 기꺼이 나누었으나, 어떤 사람은 손을 저었다. 김홍도가 이름 있는 양반 출신의 현감도 아니고, 한양의 권세가도 아니니 사뭇 깔보는 투로 대하기도 했다.

"사또, 우리 집 곳간은 관아의 곡식 창고가 아니외다."

고조부가 판서까지 지냈다는 안말 대감 댁에 갔을 때였다. 그 집은 집안대대로 연풍에서 손꼽히는 부자였고, 연풍 사람들 대부분이 그 집 땅을 붙이고 살았다. 그래서 사람들은 그를 안말 대감이라고 불렀다. 칠순을 바라보는 안말 대감은 인색하기로 소문난 양반답게 꼬장꼬장했다. 더욱 그는 김홍도가 부임하자마자 매 사냥에 데려간 호방과 나졸들을 불러들여 괘씸해하고 있었다.

"번번이 도움만 청하여 송구합니다, 어르신."

김홍도는 어른에 대한 예를 다하였다.

"으흠, 사또께서 어려운 걸음을 했소만……. 그나저나 사또께서는 요사이 그림을 접었소?"

"예, 당최 그릴 여가가 없습니다."

"참 애석하오. 이 늙은이는 방구들만 지고 있으니 심심하구

175

려. 해마다 겨울이면 매 사냥을 즐겼는데 올핸 몸이 따라 주질 않아요. 시절이 어수선하여 시회를 열 수도 없고. 아, 사또께서는 지난가을에 떠들썩하게 시회를 가졌다면서요? 연기 현감의 해서(楷書)도 볼 만하고, 사또의 그림도 대단했다더군요. 시회 이름이 〈서원아집〉이었다고요?"

안말 대감이 실눈을 치켜떴다. 은근히 그 자리에 초대하지 않은 것을 서운해 하며, 김홍도의 그림을 원한다는 말씨였다.

"예, 이광섭 병마절도사가 부임해 와서 축하의 자리를 마련했습니다. 어르신, 제가 한가해지면 그림 한 점 선사하겠습니다."

김홍도가 얼굴을 붉혔다.

"어허, 화선(畵仙)이라 불리는 사또의 그림을 감히 받아도 되겠소? 아무튼 빈말이라도 고맙소이다. 아, 우리 집엔 잘 길들인 수지니와 사냥개가 있으니 언제든지 말하구려. 내 빌려 주리다."

안말 대감은 흡족히 수염을 쓰다듬었다. 그러고는 청지기를 불러 곡식 창고를 열게 했다.

"어르신, 은혜를 베푸시는 김에 소작료도 깎아 주십시오. 고을 사람들이 버거워합니다."

김홍도는 이때다 싶어 슬며시 덧붙였다. 그러자 안말 대감의 얼굴이 차갑게 굳었다.

176

"사또께서 무례한 요구를 하시는구려. 소작은 관아에서 이래라저래라 할 일이 아니외다."

"부탁드립니다, 어르신."

김홍도는 정중히 인사하고 일어섰다.

"또 모르지요. 사또의 그림이 그만한 값어치를 한다면야!"

안말 대감이 헛기침을 하며 돌아앉았다.

관아로 돌아오는 길, 김 서방은 길잡이를 하며 투덜거렸다.

"마치 사또를 흥정꾼 대하듯 하네요. 고을 사람들한테 받은 소작료가 창고에 넘칠 텐데, 그것도 모자라 사또의 그림까지 넘보다니, 참으로 욕심이 끝도 없군요."

"그런 소리 말게. 내 그림이 양식을 구할 밑천이라면 수만 장 그려도 좋겠네."

김홍도는 처음엔 낯이 화홧 달아올랐으나 이내 마음이 가뿐해졌다. 굶주리는 아이들을 떠올리면 부끄러움은 사치다. 김홍도는 바지런히 안말 고개를 넘었다.

봄빛이 산천에 초록으로 물들자, 사람들은 산으로 들로 푸성귀를 뜯으러 다녔다.

'보리가 여물면 더 이상 굶어죽는 사람은 없겠지.'

한양에서 구휼미가 내려와 한 고비를 넘겼어도, 김홍도는 잠을 이루지 못했다. 백성을 다스리는 게 얼마나 힘겨운지, 온 백성의 어버이인 임금의 고초를 헤아릴 수 있었다. 김홍도는 동헌 뜰을 거닐었다. 뽀얀 달빛 아래 느티나무가 새 잎을 뾰족 뾰족 터뜨리고 있었다.

"수찬아, 네 솜씨 대단하구나. 만구랑 똑같아. 그렇지, 만구야?"

"으응, 형아 잘 그렸어."

"쉿, 조용히 해. 우리 아버지가 들으면 혼난단 말이야."

"아직도 못 그리게 하셔? 나 같으면 조선 제일의 화원인 우리 사또께 찰싹 달라붙어 배우라고 하겠다. 이방 어른은 왜 이 좋은 솜씨를 썩히게 하니? 만날 투덜거리기만 하시고."

"길조야, 우리 아버지를 흉보면 어떡해?"

"쳇, 뽀로통해 가지고는. 그 표정은 꼭 너희 아버지 같다. 그렇지, 만구야?"

"응, 심술 얼굴이야."

"뭐? 하하하하!"

노방에서 길조와 수찬이, 만구가 노는 모양이다. 다섯 살이 된 만구는 일 년 사이에 몰라보게 살이 올랐다. 하루가 다르게 아이들은 자라고 있었다.

'암, 아이들 웃음이 와자지껄해야지. 사는 게 힘겨울수록

아이들은 밝아야 해.'

김홍도는 흐뭇했다. 얼마 전에 늦둥이 아들 연록을 얻고 보니, 동네 아이들이 다 자식처럼 여겨졌다.

'나무야, 너도 무럭무럭 자라라. 이 자리에 튼튼히 뿌리 내려 아이들을 지켜 보렴.'

김홍도는 아이들을 쓰다듬듯 어린 느티나무를 토닥였다.

"사또, 밤이 늦었는데 왜 나와 계십니까?"

공주 감영으로 심부름을 갔던 김 서방이 돌아왔다.

"잠이 안 오는군. 봄이 왔어도 마을에는 봄기운이 없구먼. 기운을 북돋우고 새 힘을 얻어야 하는데……. 그래, 공주는 어떻던가?"

"산목숨이지만 살아 있다고 보기 어려울 정도입니다. 비가 와야 씨앗을 뿌리는데, 농부들의 한숨이 꺼질 줄을 모릅니다."

"쯧쯧쯧, 다가올 겨울과 봄이 또 걱정이군. 이보게, 곡식을 좀더 생산할 방법이 없을까? 다른 지방에서는 이앙법으로 많은 벼를 추수했다더군."

김홍도는 답답함을 김 서방에게 풀었다. 나라의 근본 산업인 농사에 밝으려면 땅을 알고, 하늘을 알고, 물을 알아야 한다. 그런데 김홍도는 아무것도 몰랐다. 고을 수령이 농사를 짓는 건 아니지만, 자연의 순리를 알아야 농부들을 이끌 게 아닌가.

"사또, 이앙법은 물이 충분해야 짓는데, 연풍은 산간벽지라 벼농사가 맞지 않습니다. 그래서 밭농사를 짓지요."

"그래. 그렇다면 밭에서 수확을 올려야겠군. 아하, 자네 혹시 감저(고구마) 먹어 봤나?"

"감저요? 그게 뭡니까?"

"마처럼 생긴 주먹만 한 알뿌리야. 몇 년 전 대마도에서 먹어 봤는데 맛이 아주 좋더군. 그런데 추위에 약한 작물이라 조선에선 맞지 않나 봐."

"예에. 조선 땅에 맞게 종자를 개량하면 기근에 큰 보탬이 되겠군요."

김 서방이 김홍도의 말을 귀담아 들었다. 그러다 주춤거리며 말을 이었다.

"저어, 사또. 감영에서 들었는데 이형원 충청감사와 이광섭 병마절도사의 힘겨루기가 예사롭지 않다더군요. 사또께서도 몸을 살피셔야겠습니다."

"허어, 참……."

김홍도는 마음이 착잡했다. 이형원은 상암사를 지을 때 도와 준 분이고, 이광섭은 시회를 열 만큼 친한 사이였다. 그러나 둘은 생각과 정치의 뜻이 달랐다. 그 틈에 낀 김홍도는 중인인 자신의 운명인가 싶어 쓴웃음을 삼켰다.

오월 열하루, 상관들의 힘겨루기는 불행으로 끝났다. 암행어사 홍대협이 내려와 이광섭은 귀양 보내고, 이형원은 자리에서 물러나게 했다.

"사또, 암행어사께서는 사또를 언짢아하신답니다. 백성들은 굶주리는데 이광섭 병마절도사와 시회나 열었다구요. 괜한 불똥이 사또께 떨어질까 걱정입니다."

김 서방이 떠도는 소문을 알려 주었다.

김홍도는 상관들의 갈등에서 처신하기가 힘겨웠지만, 시회 한 번 마음대로 열 수 없는 게 답답했다. 이래저래 마음 부대끼는 세월이었다.

정월부터 시작된 기근 구제는 오월 스무나흘로 끝났다. 하지만 백성들의 허덕임은 가시지 않고, 씨앗을 뿌린 땅은 흙먼지만 풀풀 날렸다. 김홍도는 상암사에 올랐다.

"자비로우신 부처님, 비를 내려 주소서. 저에게 아들을 주었듯이 마른 땅에 생명수를 베푸소서. 쑥대밭처럼 무너진 마을을 일으키게 하소서."

김홍도는 정성껏 절을 올렸다. 그 옆에서 계순 대사는 기우제를 드리는 내내 쉼 없이 목탁을 두드렸다. 땡그랑땡그랑! 처마 밑 풍경이 저녁노을 속에서 장단 맞춰 주었다.

단양팔경을 그려라

"이얍!"

매앰매앰 맴맴. 매미 울음이 땡볕처럼 쏟아지는 여름, 나졸들의 기합 소리가 우렁찼다. 나졸들은 7척이 넘는 긴 당파(조선 시대에 보병이 사용하던 무기로, 가운데의 긴 창끝에 양쪽으로 가지가 두 개 달린 삼지창)를 들고 앞으로 나아갔다 뒤도 물러나며, 찌르고 빼기를 반복했다. 철로 씌운 삼지창이 햇살에 반짝였다.

안뜰 느티나무 아래에서도 아이들이 구슬땀을 뻘뻘 흘렸다. 세 살배기 연록이도, 만구도, 길조한테 끌려나온 수찬이도 제 키에 맞는 목검으로 찌르고, 휘두르고, 앞으로 갔다 한 바퀴 휘 그르 돌며 본국검법에 한창이었다. 무예 동작은 서툴지만 아이들의 품새가 어찌나 진지한지, 관아를 휘젓고 다니는 개구쟁이들이라고 믿어지지 않았다.

"사또, 제법이지요? 부모 잃고 기죽어 지내던 아이들이 아니에요. 24반 무예를 익히는 나졸들도 자부심이 대단합니다. 임금님의 친위 부대인 장용영의 무사들과 똑같은 걸 배운다며 다들 열심이에요."

김 서방이 나붓이 웃었다. 김홍도도 흡족히 고개를 끄덕였다.

지난 봄, 김홍도는 호방에게 『무예도보통지』(조선 정조 때 편찬한 종합무예서로, 누가 그렸는지 정확하지 않으나 김홍도가 그렸다는 것이 일반적인 견해다.)를 주었다. 호방은 아침저녁으로 나졸들에게 무예를 가르쳤고, 솜씨 좋은 나졸 두어 명은 말 위에서 칼이나 편곤을 휘둘렀다. 어느 날 나졸들 사이에 길조가 끼더니, 아이들을 모아 자신이 익힌 것을 가르쳤다. 처음엔 쭈뼛거리던 아이들도 새로운 재밋거리에 빠져들었다. 점점 아이들의 얼굴색이 달라졌다. 곧 관아 아이들의 칼싸움 놀이는 연풍 아이들의 인기 있는 놀이가 되었다.

햇살이 눈부셨다. 아이들도 빛이 났다. 어른들이 억지로 끌지 않아도, 아이들은 스스로 건강하게 자랐다.

"사또, 이 동작 좀 해 보셔요."

대장 노릇을 톡톡히 하는 길조가 뛰어와 무예지를 내밀었다.

김홍도는 도보(圖譜)를 훑어보았다. 문득 임금의 명령으로 무예지를 만들던 때가 떠올랐다.

'전하께서는 이 나라와 백성이 강하기를 바라셨지. 아이들과 노는 내 모습을 보면, 무척 흐뭇해하실 거야. 장용영 장교 백동수는 기세 좋게 껄껄거리고, 이덕무와 박제가는 어른아이가 따로 없군! 하면서 놀리겠지.'

김홍도는 김 서방과 권법의 대련 자세를 취했다.

"에잇, 사또, 그림과 다르잖아요. 엉덩이를 쭉 빼야지요."

길조가 도보와 김홍도를 번갈아보다가 김홍도의 엉덩이를 툭 쳤다.

"하하하하, 사또도 엉터리다."

아이들에게 볼거리가 생겼다. 까르르, 깔깔거리는 웃음이 폭포수처럼 느티나무 그늘로 쏟아졌다.

"이 녀석들, 나가서 놀아. 하루 이틀도 아니고 시끄러워 견딜 수가 없네."

이방이 동헌으로 들어오며 퉁을 주었다. 매미울음 그치듯 아이들 웃음이 뚝 끊겼다.

"사또, 안말 어른이 곧 칠순이랍니다. 그림을 선물하심이 어떨지요?"

"암, 인사를 드려야지."

"사또, 그분은 사또의 그림만 챙기고, 고을 사람들한텐 소작료를 고스란히 받고 있습니다."

김 서방이 그답지 않게 구시렁거렸다.

"이, 이 사람이 무슨 헛소리를 하는 게야?"

이방이 사나운 눈초리로 김 서방을 노려보았다.

"어허, 왜들 그러나. 김 서방, 오늘은 걸작을 그릴 테니 지필묵을 준비하게."

김홍도가 둘의 마음을 누잦혔다.

"사또, 제가 준비할게요!"

이제껏 잠자코 있던 수찬이가 불쑥 나섰다. 수찬이의 목소리에 윤이 났다. 이방이 이맛살을 찌푸렸다. 아전을 이을 생각은 않고 그림이라니. 김홍도 때문에 수찬이가 엉뚱한 맘을 먹을까, 이방은 늘 조마조마했다.

느티나무 아래에 자리잡은 김홍도는 화선지를 골똘히 바라보았다. 수만 장을 그렸어도 새하얀 화선지를 보면 왜 이리 떨릴까? 김홍도는 조용히 숨을 골랐다.

해님이 탱글탱글 여무는 오후. 자그마한 화단에 꽃이 피었다. 패랭이꽃, 제비꽃, 색깔도 곱다. 바람결에 꽃 그림자가 흔들렸을까? 낮잠 자는 어미 옆에서 야옹, 이야옹! 놀아 달라며 비비적거리던 아기 고양이, 눈망울이 왕방울이 되었다. 꽃밭으로 달려와 고개를 갸웃거리다, 앞발로 꽃잎을 툭! 그 때 검정 나비가 날아와 꽃잎에 앉을까, 고양이 귀에 앉을까, 나붓나붓 팔랑거린다. 나비를 쳐다보는 노랑 고양이, 나비의 날갯짓에 홀딱 반했다.

"우와, 예쁘다! 고양이랑 나비랑 진짜 같아."

텅 비었던 종이에 그림이 들어차자 아이들이 환호성을 질렀다. 말똥말똥한 눈망울들이 아기 고양이의 놀란 눈이다.

"사또, 그림이나 쭉 그리지 왜 골치 아프게 원님이 되셨어요?"

길조가 툭 뱉었다. 수찬이는 넋이 나갔고, 힐끗거리던 이방도 감탄하는 눈치다. 연록이가 나비를 잡으려고 팔을 뻗었다. 김홍도도 뿌듯했다. 구도도, 채색도 썩 괜찮다.

"사또, 이 그림은 아름답지만 뭔가 이상해요."

수찬이가 고개를 갸웃거렸다. 김홍도는 연록이를 무릎에 앉히며 빙긋 웃었다. 이방은 질색하지만, 수찬이는 그림에 재주 있는 아이다.

"뭐가 말이냐? 색채가 조잡하냐, 구도가 잘못 배치되었느냐?"

"색채도 아름답고 구도도 나무랄 데 없습니다. 헌데 그림 속 계절이 맞지 않아요. 제비꽃은 봄꽃이고, 패랭이는 여름에 피는 꽃이잖습니까?"

"그래, 잘 봤구나. 하지만 이건 계절과 상관없는 축수도(祝壽圖)란다. 황묘농접도(黃猫弄蝶圖)라고, 노인에게 드리는 생일 축하 그림이야. 장수하기를 바라는 마음을 표현한 거지."

"예에, 축수도는 처음 봤어요."

수찬이의 눈이 반짝거렸다. 호기심과 놀람으로 달뜬 눈빛. 김홍도는 그 눈빛을 알고 있다. 그림에 대한 경이와 감탄! 얼마나 순수하고 아름다운 마음인가. 불꽃이 일렁이는 열정을 보니, 김홍도도 설렜다.

186

김홍도는 붓을 내려놓지 못했다. 잊었던 욕구, 예술에 대한 그리움이 한꺼번에 쏟아졌다. 가뭄과 기근으로 붓 한 번 마음 편히 못 들다가, 모처럼 그림 맛을 들이니 걷잡을 수 없는 충동에 휩싸였다.

"김홍도는 단양팔경을 그려 올려라!"

임금의 목소리가 귀에 울렸다. 그래, 그림을 그리자. 임금의 분부가 있지 않았던가. 김홍도의 마음은 벌써 단양으로 달렸다.

단양팔경을 그리러 가는 길은 흥겨웠다. 산새처럼 재잘거리는 길조도, 말을 끄는 수찬이도, 그림 도구를 멘 김 서방도 즐거운 표정이다. 조랑말도 들떴는지 말발굽 소리가 경쾌했다.

일행이 산비탈을 지나 버드나무 아래에서 땀을 식힐 때였다. 다랑논에 웃자란 잡초를 뽑으며 농부 몇이 떠들었다.

"에구, 이놈의 팔자는 죽어라 일해도 먹고살기 힘드니. 나라에 세금 바쳐, 양반 댁에 소작료 내, 남는 게 없어. 어휴, 썩을 놈의 세상."

"그나저나 운보가 피눈물 흘리겠어. 좀전에 안말 어른 댁 청지기가 운보네로 가더군. 소작료 못 내어 아들이 종살이하게 됐으니, 쯧쯧. 안말 어른 참 지독한 양반이야, 없는 사람들한테 베풀면 어디 덧나나, 원!"

"어디 안말 어른뿐인가. 원님도, 나라님도 백성들 죽어나는 건 모르고 떵떵거리며 살걸?"

"맞아. 벌써 몇 년째 비 한 방울 안 내려도 원님은 나 몰라라 하는 것 봐."

김홍도는 아찔했다. 백성의 원성이 뾰족하게 곤두섰을 줄은 몰랐다.

"사또, 흘려들으십시오. 저들은 사는 게 힘겨워 신세 한탄하는 겁니다."

김 서방이 다가와 속삭였다. 김홍도는 짙붉어진 얼굴을 돌리며 고개를 끄덕였다. 임금을 욕하는 게 괘씸하여 혼쭐낼까 했지만, 그들의 답답함도 이해되었다.

"쳇, 아버지는. 아무리 그래도 함부로 말하면 안 되지요. 이것 봐요, 아저씨들!"

길조가 논두렁으로 달려갔다. 깜짝 놀란 농부들이 허리를 펴고 멀뚱멀뚱 바라보았다.

"우리 사또가 얼마나 애쓰셨는데, 그런 소리를 해요!"

길조가 소리치자, 농부들은 무어라 대꾸하려다가 버드나무 아래에 양반이 있는 걸 보고 몸을 움츠렸다. 더 따지려는 길조를 수찬이가 잡아끌었다.

"얘들아, 가자꾸나. 이보게, 김 서방, 안말 어른 댁 청지기가

갔다는 집으로 가세."

김홍도가 길을 재촉했다. 고을 수령이 되어 백성들의 원성이나 듣다니 눈앞이 하얬다. 등 뒤로 수군거리는 농부들의 눈길이 느껴졌다.

"인석아, 질질 짜지 말고 빨리 오너라."

길 한가운데서 청지기를 만났다. 그 옆에는 다른 하인이 남자애를 붙잡고 있었다.

"사또, 찾아뵐 참이었는데 나들이 가십니까? 저희 어른께서 축수도를 잘 받았노라고 인사를 전하라 하셨습니다."

청지기가 먼저 인사를 올렸다.

"그 아이가 운보의 아들인가?"

김홍도가 차갑게 물었다.

"예에? 사또께서 어찌 꺼먹이를 아시는지요."

"그 애를 풀어 주게. 대감께는 내가 잘 여쭙겠네."

"사또, 사또께서 참견할 일이 아닙니다. 사또의 그림 값으로도 해결할 수 없거든요."

청지기는 안말 대감이라도 되는 양 거들먹거렸다.

"이놈! 함부로 입을 열지 마라. 고을 수령을 업신여긴 죄를 받고 싶으냐?"

"사또, 저를 잡아가는 건 좋습니다. 허나 우리 대감마님과 맞서겠다는 겁니까? 한양에서도 함부로 하지 못하는 우리 안말 어른과요?"

"이, 이런, 방자한 놈. 이 아이는 내가 데려가겠네. 내아에 가서 우리 안사람한테 소작료는 받아. 모자라면 내 그림을 주겠다고 어른께 전하게. 꺼먹아, 가자!"

김홍도의 얼굴이 일그러졌다. 쩔쩔매던 김 서방이 꺼먹이를 슬쩍 끌어왔다. 청지기는 붉으락푸르락하고, 꺼먹이는 겁에 질려 벌벌 떨었다.

아무도 말이 없었다. 경쾌하던 유람 길이 살얼음판을 걷듯 조마조마했다.

"길조야, 너는 꺼먹이 집에 다녀오너라. 바람 쐬고 돌아갈 테니 걱정하지 말라고 해."

"예, 사또! 애, 꺼먹아, 우리 알지? 동무끼리 친하게 지내자."

길조가 다시 산새처럼 재재거렸다. 그 모습에 긴장이 풀렸는지, 꺼먹이가 배시시 웃었다.

김홍도는 단양팔경의 하나인 사인암으로 갔다. 듣던 대로 사인암은 아름다웠다. 굽이굽이 흐르는 운계천을 따라 깎아지른 절벽이 병풍처럼 우뚝 솟아 있었다. 기암괴석들은 어느 게 더 빼어난지 기이한 모양을 다투었다. 사인암은 화가로서 도전

할 만한 절경이었다.

김홍도는 종이를 펼쳤다. 그러나 아름다움을 마음에 담아 자신의 것으로 녹일 수 없었다. 생각만 겉돌 뿐 그리고 싶은 열정이 솟구치지 않았다. 기근으로 허덕이는 사람들, 넋두리하던 농부들, 시건방진 청지기, 꼬장꼬장한 안말 대감이 종이 위에서 어룽거렸다.

하루, 이틀, 사흘……. 김홍도는 번번이 붓을 내려놓았다. 하루는 병마절도사, 충청감사, 암행어사 사이를 죽도록 뛰어다니는 꿈까지 꾸었다. 꺼먹이가 뜯은 산나물이라며 길조가 밥상에 올려도 김홍도의 입에서는 쓴물만 올랐다.

'아, 이대로 돌아가야 하는가?'

마음이 급했다. 그리고 싶은 욕망은 사인암의 절벽처럼 하늘로 치솟았지만, 지옥불인 마음으로는 도저히 사인암을 담을 수 없었다. 임금께 올릴 그림이니 정갈한 마음이어야 하거늘. 최고의 정성으로 붓질해야 하거늘. 온갖 잡생각에서 헤어나지 못하다니. 붓을 내려놓기를 수백 번, 그림 도구를 거두는 수찬이의 표정도 점점 어두워졌다.

산그늘이 먹빛처럼 강물 위로 내려앉던 저녁, 김홍도는 물 속으로 뛰어들었다. 촤르르, 촤르르! 강물이 김홍도의 몸을 감쌌다. 김홍도는 눈을 감았다. 흐르는 물에 몸을 맡겨 함께 흐르고 싶었다. 보드라운 물의 기운이 심장을 적시고, 마음을 다독였다. 점점 머릿속이 맑아지는가 싶더니, 문득 모든 게 훤해졌다.

'오롯이 연풍 수령으로 살리라.'

김홍도는 스르르 일어났다. 연풍에 있는 한 화원의 길을 접을 것이다. 김홍도는 십여 일을 머물다 연풍으로 돌아왔다.

매 사냥

"사또, 우리 꺼먹이를 보내 주십시오. 안말 대감 댁에서 소작을 끊으면, 저희는 먹고살 길이 없습니다요."

관아에 도착하니, 꺼먹이의 아버지 운보가 기다리고 있었다. 그 옆에는 이방과 수군거리던 청지기가 김홍도와 마주치자 먼산바라기를 했다. 단양에 간 사이에 안말 대감은 운보를 다그친 게 틀림없었다. 길조와 수찬이랑 시시덕거리던 꺼먹이가 주춤 섰다.

"꺼먹아……."

운보의 눈에 눈물이 그렁그렁 맺혔다. 꺼먹이가 달려가 아버지를 껴안았다.

"아버지, 걱정 마셔요. 종종 집에 들러 어머니께 얼굴 보여 드릴게요."

"에구, 불쌍한 내 새끼!"

운보가 꺼먹이를 으스러지게 안으며 울음보를 터뜨렸다. 길조도, 수찬이도, 김 서방도 눈시울을 붉혔다.

김홍도는 가슴이 저렸다. 사람이 사람을 짓밟고, 다른 사람의 아픔을 몰라라 하고, 그게 제대로 사는 것일까. 그것은 분명 아름답지도 바르지도 않은데, 왜 그렇게 살까. 그런 사람이 많다 해도 어른이라면, 한 고을의 수령이라면 바로잡아야 하지 않나? 그러나 김홍도는 힘이 없었다. 운보처럼 김홍도도 꺼먹이를 보낼 수밖에 없었다.

"사또, 단양팔경이 그리 고운 줄 몰랐어요. 사또의 그림은 더 고울 거라고 수찬이가 그러던 걸요! 언제 꼭 보러 오겠습니다."

꺼먹이가 김홍도에게 절을 올렸다. 김홍도는 차마 꺼먹이를 볼 수 없어 고개만 끄덕였다.

"사또, 저희 대감마님께서 부탁할 일이 있으면 언제든지 오랍니다. 대신 오늘 일도 잊지는 않겠다고 하시더군요."

청지기가 비웃음을 흘렸다. 청지기와 꺼먹이의 발걸음이 김홍도를 꾹꾹 밟고 멀어졌다.

혹독한 겨울이 다시 시작되었다. 내리 3년째, 가뭄과 기근은 조선 땅을 끈질기게 물고 늘어졌다. 재해 2급. 또다시 죽느냐, 사느냐 사투를 벌여야 한다.

"사또, 큰일 났습니다."

공주 감영에 갔던 김 서방이 헐레벌떡 달려왔다.

"한양에서 위유사(지방에 천재지변이 있을 때, 백성을 위로하기 위하여 어명으로 파견하던 임시 벼슬)가 온답니다. 인근 현감들께서는 재해를 방지하지 못한 벌을 받을까 벌벌 떨고 있답니다. 굶주리는 사람의 숫자를 줄여서 보고하는 곳도 있다더군요. 사또께서도 대비하는 게 어떨까요?"

김 서방의 표정이 어두웠다. 자연 재해가 고을 수령의 잘못은 아니어도, 공적을 따지다 보면 억울한 누명을 뒤집어쓰는 경우가 있었다.

"어허, 자네답지 않게 무슨 소린가?"

김홍도는 김 서방을 나무랐으나 마음이 편치 않았다. 한 고을을 맡겨 준 임금께 송구하고, 연풍 백성들에게 미안했다. 차라리 벼슬자리를 그만두었으면······. 김홍도는 화원의 자리로 돌아가고 싶었다. 그러나 하고 싶은 것만 하며 살 수는 없는 법. 게다가 연풍의 수령으로 살기로 결심하지 않았던가. 김홍도는 장계 올릴 준비를 했다. 연풍의 상황을 제대로 알려 백성들의 고초를 조금이나마 덜어 주고 싶었다.

"길조 대장아, 배고프다. 고기랑 쌀밥이랑 실컷 먹었으면 좋겠다, 그치?"

햇살이 종지기만큼 쏟아지는 느티나무 아래에서 만구가 두덜거렸다.

"꿩고기도 맛나는데. 대장아, 눈 오면 토끼 잡으러 가자, 응?"

무더기로 앉아 있는 아이들의 얼굴도 하나같이 누렇게 떴다.

아이들이 떠드는 소리를 듣던 김홍도의 귀가 번쩍 뜨였다. 논밭에서 곡식을 얻을 수 없으면 산에서 구하면 된다.

"이보게, 김 서방! 길을 나서게."

김홍도는 서둘러 안말 고개를 넘었다.

"사또께서 내 집엔 웬 일이시오? 꺼먹이를 데려가겠다고 온 건 아니겠지요?"

안말 대감이 떨떠름한 표정으로 김홍도를 맞아들였다.

"아닙니다, 어르신. 꺼먹이는 잘 있다는 얘길 들었습니다. 어르신, 수지니와 사냥개를 빌려 주십시오."

"사냥을 하시게요?"

"예. 겨우내 연풍 사람들과 사냥할 겁니다. 농한기이니 젊은이들을 모아 멧돼지도 잡고, 눈이 오면 노루랑 토끼도 잡을 겁니다. 동네 애들과는 매 사냥을 하렵니다."

김홍도는 겨울 양식을 구해야 재해를 넘길 수 있다는 뜻을 간곡히 말했다.

"뜻은 좋소만, 농부들은 겨울이라도 새끼 꼬고 가마니도 짜고 할 일이 많소이다. 아무튼 빌려는 주겠소. 수지니는 예민한 녀석이니 잘 다루시구려. 아무리 잘 길들여도 야생의 습성은 버리지 못하는 법이거든요. 사또도 수령 자리보다야……."

안말 대감이 무언가 말하려다, 이내 수염을 쓰다듬으며 청지기를 불렀다.

산에 오르니, 눈발이 희끗희끗 날렸다. 아이들은 털이꾼이 되고 나졸과 고을 청년들은 몰이꾼이 되었다. 매꾼인 김 서방, 김홍도, 이방은 수지니와 사냥개를 데리고 사방이 훤히 보이는 산마루로 올라갔다. 몰이꾼과 털이꾼이 산 아래에서 꿩을 몰면 매꾼은 산 아래로 내려갈 것이다.

"우우우— 우우—."

털이꾼이 막대기로 숲을 탁탁 털며 나아갔다. 잡목이나 넝쿨 사이에 숨은 꿩을 찾으려는 것이다. 몰이꾼도 관목 숲을 훑어나갔다.

꾸엉꿩!

다복솔 아래에서 꿩 한 마리가 날아올랐다. 제법 살진 까투리였다.

김 서방이 팔을 올리자, 수지니는 매찬 눈빛으로 꿩을 보더니 힘차게 하늘로 솟아올랐다.

"매 나간다!"

김 서방의 신호에 몰이꾼이 뛰었다. 딸랑딸랑딸랑! 매 꽁지에 매단 청동방울이 요란하게 울렸다. 컹컹컹, 사냥개도 우렁우렁 짖으며 달려 나갔다. 몰이꾼들은 솔가지에 걸리고 돌부리에 채여도 멈추지 않았다. 만약 조금이라도 늦으면 꿩을 뜯어 먹은 수지니가 숨었던 본능을 되찾아 숲으로 사라질 것이다. 컹컹컹! 사냥개가 울었다. 방향을 잃었던 몰이꾼들이 달려가니, 수지니가 푸드덕거리는 꿩을 물고 있었다. 김 서방이 닭 조각을 매에게 물린 후 잽싸게 꿩을 가로채었다.

"이야, 꿩 잡았다!"

뒤늦게 달려온 아이들이 팔딱팔딱 뛰었다. 김홍도도 헉헉거리며 환하게 웃었다.

그렇게 몇 번이나 산을 훑었다. 망태기에 담뿍 담긴 꿩을 보면서 아이들은 개선장군이라도 된 듯 산을 내려왔다.

1794년 동짓달 초나흘, 호서위유사(충청도 지역에 파견된 위유사) 홍대협이 공주로 내려왔다. 호서 지역의 각 마을에는 재해 상황을 보고하라는 공문이 내려왔다. 연풍에는 이방을 올려 보내라는 지시가 떨어졌다. 이방이 장계를 챙겨 공주로 떠났다.

"사또, 왜 이방 어른을 부를까요? 위유사께서 여기까지 못 오시면 장계로 파악하면 되잖습니까?"

김 서방이 근심스레 물었다.

"좀더 자세한 상황을 알고 싶은 게지. 걱정 말게."

김홍도는 별스럽지 않게 대답했다.

"사또, 홍대협 위유사는 지난번 이형원 감사와 이광섭 병마 절도사의 사건에 암행어사로 오지 않았습니까? 위유사께서는 그 때 사또를 탐탁찮게 여겼고, 게다가 이방 어른은……."

김 서방이 말끝을 잇지 못했다. 무언가 불안한 눈치였다.

며칠 뒤, 이방이 돌아왔다.

"사또, 위유사께 잘 보고했습니다."

"고생이 많았구먼. 위유사께서 구휼미나 많이 보냈으면 좋을 텐데."

김홍도는 감영의 소식도 듣고 위유사가 어떤 말을 했는지 알고 싶었다. 하지만 고생하고 돌아온 사람에게 꼬치꼬치 물을 수 없었다. 이방도 추워서 고생했다며 툴툴거릴 뿐 자세한 얘기는 꺼내지 않았다. 그러고는 김홍도의 안색을 살피며 황급히 물러갔다.

그 날 밤이었다. 꺼먹이가 김 서방을 찾아왔다.

"아저씨, 조금 전에 이방 어른이 안말 대감님을 뵙고 갔어요."

"종종 그랬잖느냐? 네가 안말 대감 댁에 가기 전부터 그랬느니라."

"하지만 이상해요. 자리끼를 가져가다 들었는데, 위유사께 보고한 내용을 이야기했어요. 연풍 현감 김홍도는 고을 백성들한테 세금을 억지로 빼앗고, 젊은이들을 강제로 사냥에 동원한다고요. 만약 안 나오면 세금을 매겨 곤궁에 빠뜨렸다고 보고했대요."

"뭐라고?"

김 서방은 어이가 없었다.

"꺼먹아, 애썼다. 날이 추우니 조심해서 가거라."

꺼먹이가 관아를 빠져 나가자, 김 서방은 이방한테 갔다.

"이방 어른, 왜 위유사께 거짓 보고를 올렸습니까? 사또를 안 좋아해도, 사또를 모신 지 몇 해인 그런 모함을 하다니요. 이방 어른은 인정도 없으십니까?"

김 서방이 대들자, 이방은 콧방귀를 뀌었다.

"다 연풍을 위한 일이니 떠들지 말게. 사또야 한양으로 올라가면 그만이야. 하지만 안말 대감은 우리 고을에 계실 게 아닌가? 연풍 사람들을 먹여 살릴 분은 안말 대감이라고. 어느 게 현명한 선택인지 자네도 현실을 똑바로 보게. 더구나 위유사와 안말 대감은 가고자 하는 길이 같으신 분들이야."

이방의 생각은 굳었다. 김 서방은 놀라 붙박이처럼 서 있었다.

"아버지! 어떻게 그러실 수 있어요?"

수찬이가 방문을 벌컥 열었다. 수찬이의 손에서 화첩이 툭 떨어졌다.

"이 아비는 정 따위에 약한 사람이 아니다. 아비는 옳다고 여기는 대로 행동했어."

"사실이 아니잖아요. 당장 사또께 사죄드리세요. 안 그러면 제가 말씀 드리겠어요."

수찬이의 입가에서 흐느낌이 새어 나왔다.

"수찬아, 어른들이 풀 문제란다. 너희는 잠자코 있어. 길조야, 수찬이 데리고 가라."

김 서방이 씩씩거리고 있는 길조에게 타일렀다.

"아버지, 꼭 일을 바로잡아 주세요!"

수찬이가 화첩을 주워 꼭 그러안았다. 동헌 안뜰에는 겨울 바람이 느티나무 어린 가지를 마구 흔들어 댔다.

울고 왔다 울고 가는 연풍 원님

겨울은 사람살이와는 관계없이 을씨년스럽게 깊어 갔다. 동지섣달이 지나고, 정월 초하루가 되어도 백성들의 얼굴에는 웃음기를 찾을 수 없었다. 수찬이도 갈수록 초췌해졌다.

1795년 정월 초나흘, 설을 쇤 뒤 관아의 새해 정무가 시작되었다. 동헌 뜰에는 아전과 관속들이 줄지어 서 있었다. 맑고 청명한 겨울 아침이었다. 김홍도가 막 내아에서 풍락헌으로 들어설 때였다. 깍깍깍! 난데없이 까마귀 한 마리가 느티나무로 날아와 푸드덕거렸다. 고요하고 엄숙한 조례를 깨뜨리는 날카로운 울음이었다. 김홍도의 머리가 쭈뼛 섰다.

'전하께 무슨 일이 생겼나?'

어젯밤 꿈에 임금을 뵈었다. 김홍도가 대궐에 들어가니, 임금이 웃으며 반겼다. 그 때 대신들이 얼굴을 치켜들고 무어라 떠들어 댔다. 수많은 입들은 나불거리며 둥둥 떠오르더니 김홍도를 에워쌌다. 김홍도는 허둥거리며 임금에게 다가가려고 애썼다. 그러자 임금이 점점 멀어지고 겹겹이 에워싼 입들이 김홍도를 삼킬 듯 커지는가 싶더니, 수만 마리의 까마귀 떼가 솟구쳐 나왔다. 까마귀들의 거친 날갯짓에 김홍도는 비명을 지르다 일어난 터였다.

"훠이!"

나졸들이 얼른 까마귀를 쫓았다. 깍깍! 까마귀는 날선 울음을 뺄고 사라졌다.

"모두 자신의 일에 충실하게. 올해는 백성들이 기근에 시달리지 않도록 애써 보세나."

까마귀 울음은 사라졌지만 김홍도는 불길한 마음을 털어 버릴 수 없었다. 까마귀는 뾰족한 부리로 마음 한 귀퉁이를 콕콕콕 쪼아댔다.

"예, 사또!"

김홍도가 당부하자 아전들이 한목소리로 대답했다. 하지만 이방은 건성으로 입만 벙긋했다.

다음 날, 눈발이 휘몰아치는 저녁이었다.

한양으로 새해 인사를 하러 갔던 김 서방이 땀범벅, 눈물범벅으로 돌아왔다. 눈보라에 옷은 젖고 머리와 수염에는 고드름이 달려 있었다.

"이 사람아, 한양에 무슨 변고라도 있는가? 얼마나 달렸기에 모양새가 그래?"

"사또, 마음을 다부지게 가지십시오."

김 서방은 덜덜 떨며 흐느낄 뿐 좀처럼 입을 떼지 못했다.

"이 사람아, 답답허이. 도대체 왜 그러는가?"

김홍도가 재촉하자, 김 서방은 눈물을 훔치며 더듬거렸다.

"사또, 어제 궁궐 조례에서 홍대협 위유사가 호서 지방의 재해에 대해 장계를 올렸답니다. 그런데…… 연풍 현감은 중매나 일삼고 관아의 구실아치들을 심하게 다루며, 사냥을 빌미 삼아 세금을 거두는 등 백성을 혹독히 다룬다고 했답니다."

김홍도의 몸이 휘청거렸다. 세상이 어지럽게 맴돌았다.

"그, 그래서. 주상 전하께서는?"

"전하께서는 한동안 아무 말씀이 없으셨답니다. 일이 잘못되었음을 느꼈는지 채제공 나리께서 쇤네한테 은밀히 전해 주셨습니다."

"알겠네."

참담했다. 장계를 보는 순간, 임금께서 얼마나 실망하셨을까? 한 고을을 믿고 맡겼거늘 어떻게 그럴 수 있느냐고 화내셨을까? 누군가를 실망시키는 것만큼 부끄러운 게 없거늘. 김홍도는 몸 둘 바를 몰랐다.

"사또, 억울한 누명이잖습니까? 무언가 방법을 찾아야 합니다."

김 서방이 벌게져 이방을 노려보았다.

"자네는 가서 쉬게. 나 혼자 있고 싶구먼."

방으로 들어온 김홍도는 연풍 고을의 인장을 꺼냈다. 처음 인장을 받고 기쁨과 책임감으로 달떠, 임금께서 흐뭇해할 목민관이 되리라, 연풍을 풍요로운 고을로 빛내리라 각오했었다.

그런데 공덕비는 못 세울망정 제대로 다스리지 못해 물러나야 하다니. 임금님께 죄스러웠다. 하지만 한편으로는 위유사가 왜 그런 보고를 했을까 궁금했다. 홍대협 위유사가 거짓을 지어 보고한 것일까? 아니면 다른 누가 위유사에게 거짓 보고를 한 것일까?

'아닐 게야. 누가 거짓으로 보고했겠어.'

김홍도는 고개를 저었다. 하지만 생각할수록 의문이 꼬리를 물었다.

'홍대협 위유사는 전하와 정치의 뜻을 달리하는 노론이지. 돌아가신 강세황 어른이나 내가 만나는 사람들은 대개 남인이니 눈엣가시일 거야. 그렇다 해도 나 같은 시골 현감도 걸림돌일까? 하긴 내가 현감이 될 때 중인이 무슨 벼슬자리냐고 못마땅해 했어.'

김홍도는 쓰다듬던 인장을 힘없이 서안 위에 놓았다.

"사또, 저희 아버지가 위유사께 보고한 것입니다. 위유사도 거짓인지 다 안답니다."

늦은 밤, 수찬이가 들어와 방바닥에 엎드렸다.

김홍도는 당황했다. 이방은 처음부터 자신을 달가워하지 않았다. 그러나 그런 허무맹랑한 말을 위유사에게 고했다니 믿어지지 않았다.

"안말 어른과 위유사는 사또를 내쫓을 거랍니다. 아버지는 안말 대감을 따라야 연풍 사람들이 살 수 있다고 믿습니다. 사 또, 저는 그런 아버지가 싫습니다!"

수찬이는 꺼먹이와 김 서방한테 들은 이야기를 털어놓았다. 김홍도는 그제야 모든 것을 알 수 있었다. 큰 파도가 몰아치는 대로 작은 물결은 쏠리기 마련. 안말 대감과 위유사의 뜻이라 면 이방은 어찌하지 못했을 것이다. 김홍도는 이방한테 노여움 보다 안쓰러운 마음이 들었다. 싫던 좋던 간에 햇수로 4년째 한 솥밥을 먹다 보니 정이 들 대로 든 모양이다.

"수찬아, 아버지를 미워하지 마라."

김홍도는 다가가 수찬이의 어깨를 두드렸다. 수찬이의 흐느 낌이 점점 커졌다.

일은 터진 봇물처럼 빠르게 돌아갔다. 정월 초이레, 임금의 어명이 떨어졌다.

"연풍 현감 김홍도를 파직하라!"

임금의 뜻을 전해 받은 김홍도는 궁궐을 향해 절을 올렸다.

"에휴, 연풍에 부임하셨던 바로 그 날에 쫓겨나시다니!"

김홍도가 절을 올리고 일어나자, 여기저기에서 흐느끼는 소 리가 들렸다. 김홍도는 자신의 마음을 헤아리는 관속들이 고마

왔지만, 그들을 매섭게 쳐다보았다.

"전하의 어명에 눈물바람이라니, 무슨 망측한 행동인가? 다시는 내 앞에서 울지 말게."

"예에, 사또."

관속들이 애써 머리를 조아렸다.

"남은 동안 잘 보내세. 할 일이 태산이니 보고할 장계가 있으면 서둘러 가져오게."

김홍도는 아무 일 없는 듯 동헌으로 들어갔다. 새 현감이 오기 전에 정리할 일이 많았다.

"나리, 떠날 준비 다 했습니다."

김홍도의 아내였다. 네 살배기 연록이 설빔으로 색동저고리에 풍차바지를 입고 그 위에 두툼한 창옷을 입고 있었다.

"먼저 올라가구려. 녹아, 춥다고 투정부리지 말고 어머니 말씀 잘 듣거라."

김홍도는 연록이의 남바위를 단단히 여며 주었다.

"녹아."

연록이 나오자, 느티나무 아래에서 훌쩍이던 아이들이 몰려들었다. 길조와 만구가 연록이를 껴안았다. 수찬이는 멀찍이서 김홍도의 아내에게 절만 올렸다. 김홍도의 아내가 웃음 어린 얼굴로 고개를 끄덕였다.

"형아! 형아, 가자. 응?"

수찬이의 바짓가랑이만 붙들고 다니던 연록이가 떨어지지 않으려고 울음을 터뜨렸다.

"알았어. 형아도 갈게. 열 밤만 자고 녹이 보러 갈게, 알았지?"

수찬이는 고개를 떨어뜨렸다. 눈물방울이 뚝 떨어졌다. 연신 눈물을 쏟으며 아이들은 짐 실은 달구지를 한참 동안 따라갔다.

"사또, 저희도 다녀오겠습니다. 마님께서는 싫다지만, 가는 틈틈이 살펴드리겠습니다."

이방과 아전 여럿이 길채비를 하고 왔다. 새로 올 현감을 맞이하러 한양으로 가는 것이다.

"날이 춥구먼. 먼 길에 조심하여 모셔 오게."

"예, 사또. 저어 우리 수찬이를…… 아, 아닙니다."

이방이 말을 하려다 그만두었다. 하지만 이방의 고집스러운 표정은 바뀌지 않았다.

김홍도는 쓸쓸히 동헌을 둘러보았다. 남의 집처럼 낯설었다.

'이젠 그림을 그릴 때가 된 거야.'

한편으로는 아쉬우나, 한편으로는 버거운 짐을 벗어 후련했다. 그 시각 금부도사의 거친 말발굽이 한양에서 달려오는 것도 모른 채, 김홍도는 새로운 꿈에 잠겨 있었다.

홍대협은 끈질겼다. 연풍 현감을 교체하라는 어명이 떨어졌으나 홍대협과 안말 대감은 만족하지 못했다.

"전하, 김홍도는 그 죄가 무겁습니다. 의금부로 압송하여 엄벌에 처해야 합니다."

홍대협은 기어이 김홍도를 의금부로 잡아들이라는 임금의 허락을 받아 내었다. 지체 없이 금부도사가 연풍으로 달렸다.

"죄인 김홍도는 어명을 받으시오!"

금부도사의 목소리가 고즈넉한 동헌에 우렁우렁 퍼졌다.

김홍도는 잠을 설쳤다. 한 고을의 수령으로서 이룬 게 없으니 파직은 순순히 받아들일 수 있었다. 하지만 있지도 않은 죄를 뒤집어쓰는 것은 억울했다.

'전하께서는 내 그림을 보면, 진실을 알아채실 거야.'

김홍도는 매 사냥 그림을 그렸다. 누를 수 없는 감정 때문인지 붓질이 서슴없었다. 순식간에 그림이 완성되었다. 김홍도는 그림을 들여다보았다. 가슴 속이 시원할 줄 알았는데, 더욱 헛헛해졌다. 김홍도는 바람을 쏘이려고 안뜰로 나왔다.

"너는 평생 쓰다 달다 소리 안 하는구나. 비바람이 몰아치면 그대로 흔들리고, 눈보라가 쏟아지면 고스란히 견디는구나. 나도 너를 닮았으면 좋겠다. 그래, 세월이 흘러도 동헌을 지키고 순박한 연풍 백성들을 보듬어라. 깊은 그늘을 드리우는 큰

나무가 되어라. 그러면 대대로 뒤를 이은 연풍 아이들이 그 아래서 뛰어놀 거야."

김홍도가 느티나무를 쓰다듬었다. 동네 아이들과의 추억이 떠오르고, 하하하하! 아이들의 웃음이 달빛으로 쏟아졌다.

"아얏!"

노방에서 길조의 목소리가 팔짝 뛰어올랐다.

"길조야, 아까부터 뭘 그리 꿰매느냐?"

"사또께 버선 지어 드리려고요. 먼 길에 발이라도 따스해야지요."

"그래, 잘 생각했다. 내가 모시고 가면 좋으련만, 이 추위에 걱정이구나."

길조와 김 서방의 한숨 소리가 깊었다.

창호지에 둘의 그림자가 정겹게 어른거렸다. 김홍도는 물끄러미 바라보다가 조용히 물러섰다. 정든 관아와 정든 사람들과 이별해야 한다.

'전하의 마음을 어지럽히는 건 신하의 도리가 아니야.'

방에 들어온 김홍도는 매 사냥 그림 〈호귀응렵도(豪貴鷹獵圖)〉를 접어 서랍 깊숙이 넣었다. 그러고는 가뿐한 붓을 들었다. 화선지에 봄바람이 불고, 연초록 잎눈이 톡톡 튀어나왔다. 봄새들이 재재거리며 나뭇가지를 날아다녔다. 포롱포롱 날갯

짓도 곱고 또로롱또로롱 노랫소리도 맑다. 김홍도는 밤새도록
붓질을 멈추지 않았다.

　연풍을 떠날 날이 밝았다. 마루에 버선 한 켤레가 놓여 있었
다. 길조가 밤새 지은 버선이었다. 김홍도가 그것으로 갈아 신
으니 온몸이 따스해졌다.

　동헌 안뜰에 사람들로 가득했다. 나졸이며 아전들은 물론,
동네 아이들과 어른들, 운보와 꺼먹이도 모여 있었다. 상암사
의 계순 대사도 내려왔다.

　김홍도는 그들에게 미안했다. 최고의 마을로 가꾸고 싶었는
데, 정치는 그림 그리듯 마음대로 되지 않았다. 사실 윗분들의
눈치나 본 게 맞았다. 그런 마음의 한 오라기를 하늘이 모를까?
그래도 하늘에 빌고 싶었다. 비가 내려 주기를. 순박한 백성들
이 풍요롭게 살도록 도와 주기를. 김홍도는 마을 사람들의 손
을 하나하나 잡았다.

　"꺼먹아. 아버지, 어머니께 효도해야 한다."

　"자네는 훈련을 게을리 말게. 아이들한테도 무예를 계속 가
르치게나."

　"스님, 기우제를 드려 주십시오."

　김홍도는 계순 대사에게 합장했다.

"사또! 걱정하지 마십시오. 부처님의 은덕이 사또께 칠보비로 내릴 겁니다."

계순 대사가 순한 웃음을 지었다.

느티나무 아래에 만구와 길조, 김 서방이 서 있었다.

"만구야, 고기 먹고 싶으면 누나랑 형들이랑 사냥 가거라. 아, 토끼를 키워도 좋겠구나."

"아니요. 이젠 고기 먹고 싶지 않아요. 먹고 싶어도 꾹 참을 거예요."

만구가 팔뚝으로 눈물을 훔쳤다. 김홍도는 만구를 꼭 안았다.

"길조야, 손이 남아 났누? 어찌나 따스한지 눈에서 굴러도 까딱없겠구나."

길조가 양손을 뒤로 숨겼다. 목검이나 들고 천방지축 뛰어다니는 말괄량이가 바느질을 하면서 무던히 찔린 모양이다.

"김 서방, 내 성의이니 받아 두게."

김홍도는 김 서방에게 두루마리를 건넸다. 화조도 두 폭이었다.

"사또, 이렇게 귀한 것을?"

"길조(吉鳥)일세. 앞으로는 연풍에 기쁜 소식만 전하게나. 한 폭은 우리 길조 시집갈 때 쓰고, 한 폭은 연풍에 꼭 맞는 작물을 찾는 데 썼으면 해."

"예에, 명심하겠습니다."

김홍도는 흐뭇이 동헌을 둘러보았다. 풍락헌, 늘 그랬듯 현판의 글씨는 말끔하고 또렷했다. 다시는 마을에 재해가 덮치지 않아 동헌의 이름대로 재물이 흘러넘치고, 백성들이 풍요롭게 살고, 아이들의 웃음이 흘러넘치기를. 김홍도는 빌었다.

"사또, 저를 데려가 주십시오. 아버지도 제 길을 가라 하셨습니다."

이제껏 보이지 않던 수찬이가 괴나리봇짐을 짊어지고 나타났다.

"수찬아, 나는 지금 죗값을 치르러 가는 거야. 어디로 갈지 알 수 없는 길이다."

김홍도는 매몰차게 돌아섰다.

"이제 떠납시다!"

금부도사가 다가오자, 김홍도의 양 옆에 포졸들이 늘어섰다. 김홍도는 훌쩍이며 따라오는 발걸음들을 애써 외면하며 천천히 관아를 떠났다. 울고 왔다 울고 가는 연풍 원님이라 했던가. 주책없이 눈물이 흐르고 또 흘렀다.

끝과 시작

길은 멀었다. 의금부에서는 어떤 벌을 내릴까? 김홍도는 막
막했다. 끝없이 펼쳐진 빙판길 위로 눈보라는 그칠 줄 모르고
쏟아졌다. 금부도사가 너그러이 대했지만 춥고 힘들기는 마찬
가지였다. 더욱 김홍도를 괴롭히는 것은 수찬이였다. 수찬이는
그예 김홍도를 따라왔다. 포졸들이 혼내고 금부도사가 타일러
도 소용없었다.

"네 아버지의 잘못을 대신 빌겠다는 거냐? 난 연풍 현감도
아니니 신경 쓸 필요 없다."

김홍도가 마음에 없는 말로 생채기내어도 수찬이는 돌아서
지 않았다. 길조한테 이끌려 무술을 배우고, 이방의 말에 곧이
곧대로 따르던 나약한 아이가 아니었다.

"전 그림을 배우러 갈 뿐입니다."

"그림 그릴 날이 없을지도 모른다."

김홍도는 더 이상 시작이 없을 듯했다. 사는 게 겨울 길처럼
험하다고 느껴질 때면 깊숙한 늪으로 빠지는 듯했다. 현감 시절
의 무능이 원하는 바가 아니었듯, 길 위를 걷는 김홍도는 결코 의
도하지 않았건만 심약해졌다. 김홍도는 겨울날처럼 음울해졌다.

정월 열여드레. 의금부로 잡아들이라는 어명이 내린 지 열
흘이 지났다.

"이대로 가다가는 얼어 죽겠군요. 주막이라도 나오면 쉬었

다 갑시다."

금부도사가 투덜거리며 길잡이를 할 때였다.

눈보라를 헤치며 말발굽 소리가 달려오더니, 금부도사 앞에 멈추었다.

"어명이오. 전 연풍 현감 김홍도를 풀어 주시오."

파발이었다. 의금부에서 미처 잡아오지 못한 죄인을 사면하는 단자였다. 마음씨 좋은 금부도사가 단자를 훑어본 후, 김홍도에게 보였다. 분명 김홍도를 풀어 준다는 글이었다.

"전하, 성은이 망극하옵니다!"

김홍도는 길바닥에 엎드렸다. 수찬이도 감격에 겨워 절을 올렸다.

'다시 시작하는 거야. 내 길은 오로지 그림뿐이다!'

모든 일의 끝에는 새로운 시작이 있었다. 김홍도와 수찬이는 나리는 눈송이처럼 자유로이 걸었다. 뽀얀 발자국이 눈 위에 뽀득뽀득 꽃잎으로 돋아났다.

"길조야, 이방 어른! 수찬이한테서 편지 왔습니다."

김 서방이 동헌으로 달려들며 소리쳤다.

"뭐라고?"

이방이 맨발로 뛰어나왔다. 길조랑 만구도 목검을 내던지고 달려왔다.

아버님, 어머님! 몸 건강히 계시온지요.

길조야, 만구야. 너희도 잘 있느냐? 관아의 동무들도 건강하지?

나랑 원님도 그림을 열심히 그리며 잘 있단다. 연록이랑 마님
도 무탈하셔.

아버지, 기쁜 소식을 전합니다.

우리 원님, 아니 화원 어른께서는 윤이월 스무여드레 날 원행
을묘 행차에 의궤를 그리라는 어명을 받았습니다. 저희는 곧 조선
의 역사에 길이 남을 화성 행차를 그리러 떠납니다.

얼마 전에 알았는데요, 갑자기 사또가 사면된 것은 우리 임금
님의 작전이었답니다.

이번 재해로 인해 여러 고을 사또들도 파직을 당했답니다. 더
구나 몇몇 대신들이 우리 사또를 못마땅하게 여겨, 그분들의 입을
막느라 엄하게 벌을 내렸다는군요.

왜 나라에 축하할 일이 있으면 죄인들을 풀어 주잖아요? 올해
는 혜경궁 마마의 환갑과 전하의 즉위 20년을 맞는 경사스러운 해
이니, 전하께서는 이 때 우리 원님을 풀어 주고 행차 그림을 맡길
생각이었던 거예요. 우리 임금님, 똑똑하지요?

사실, 연풍을 떠날 때는 벼랑길을 걷는 듯했어요. 이제는 하늘

을 나는 것 같습니다. 그러니 여기는 걱정하지 마십시오.

아버지! 연풍 백성들에게도 풍요로운 봄이었으면 좋겠습니다.

화원 어른께서 안부 전하랍니다.

곧 화성으로 떠날 수찬이가 올립니다.

"하하하하, 연풍 촌놈 수찬이가 출세했네!"

길조가 기분 좋게 웃었다. 이방도, 김 서방도, 만구도 껄껄 웃었다.

"이방 어른, 수찬이가 잘되니 좋으시지요?"

김 서방이 묻자, 이방이 시뜻한 표정을 지었다.

"저 녀석들은 동네에서 놀지, 왜 자꾸 동헌으로 오는 거야."

이방은 짐짓 못들은 척 헛기침을 하고 나서, 목검 하나씩 꿰 차고 관아를 기웃거리는 동네 아이들한테 달려갔다.

"하하하, 이방 어른 정말 웃기게 뛴다."

만구가 깔깔거렸다. 길조가 목검을 들고 아이들에게로 뛰어 갔다. 만구도 길조한테 같이 가자 소리치며 목검을 꿰찼다.

'사또, 연풍에도 태평가를 부를 날이 꼭 있을 겁니다.'

김 서방은 김홍도가 그랬듯이 아이들을 흐뭇이 바라보았다. 어느새 동헌 안뜰 느티나무에 잎눈이 텄다. 꽃샘추위를 이긴 연풍 들녘에도 뽀송뽀송한 꽃눈들이 부풀어 올랐다.

216

아버지와 함께 가는 길

떠도는 구름처럼

저 멀리 우묵산 위로 먹빛 구름 그림자가 드리워졌다가 이
내 바람을 따라 흘러갔다.

연록은 툇마루에 쭈그리고 앉았다. 방문은 활짝 열려 있었
지만 감히 들어설 엄두가 나지 않았다.

"쯧쯧, 못난 놈!"

훈장님이 곰방대로 놋쇠 재떨이를 쳤다. 얼굴까지 붉어지는
것으로 보아 무척 화가 난 모양이다. 연록은 무릎을 꿇고 고개
를 숙였다. 아무런 기별도 없이 사흘이나 결석을 했으니 훈장
님이 역정 낼 만도 하다.

"고얀 놈, 어찌 뜬구름처럼 마음을 못 잡는 거야? 이런 너를
본다면 네 아버지가 얼마나 가슴 아파하겠니?"

훈장님의 목청이 갈라졌다.

연록은 고개를 돌렸다.

'뜬구름처럼 마음 못 잡고 떠도는 건 아버지예요! 아버지한 테는 아무 말도 안 하면서 왜 제게만 화를 내세요? 공부한다고 뭐가 달라지나요?'

생각 같아서는 대들며 따지고 싶었으나 말을 꿀꺽 삼켜 버렸다.

저녁 햇살이 창호지를 뚫고 서가 위로 곧게 뻗어 내렸다. 서당 친구들 중 하나가 놓고 갔는지 『동몽선습』이 서가 아래 빼뚜름히 펼쳐져 있었다. 펼쳐진 책 속의 글자가 햇빛에 반사되어 눈부시게 도드라져 보였다.

어둠이 차오는 방 안으로 부옇게 쏟아지는 햇발. 연록은 문득 사그라지는 겨울 햇살이 아버지의 처지와 닮았다는 생각이 든다. 아버지 김홍도. 조선의 천재 화가. 그러나 이제는 늙고 병든 그림쟁이…….

"연록아, 월사금 때문에 그러는 게냐?"

훈장님의 목소리가 다소 누그러졌다.

"아닙니다."

훈장님이 연록의 얼굴을 지그시 바라보았다.

"그래야지. 작은 고충에 연연해서야 되겠느냐. 매사에 의연해라. 연록아, 너의 아버지께서 서묵재에 오셨다는구나."

연록은 고개를 번쩍 들었다.

"언제……. 건강은요?"

반갑고 서운해서 목젖이 뻑뻑하게 메었다.

"가서 뵙고 오너라. 그래서 흐트러진 마음을 단단히 동여매."

누가 뭐래도 가고 말 테야

다음 날 점심때가 되도록 연록은 아버지의 방에서 미적거렸다.

까치와 호랑이, 나무와 새, 글공부하는 서당 친구들을 그린 그림 중 어느 것을 아버지에게 보여 줄까 흥분되었다. 그러나 선뜻 손에 잡히는 게 없었다. 연록의 그림 솜씨는 엉망이었다. 그림을 그릴 때는 가슴이 터질 듯 황홀하고 즐거운데, 왜 그림은 발가락으로 그린 것처럼 형편없을까? 아버지가 이 그림을 보면 실망하겠지.

더구나 아버지는 글공부에 소홀한 자신을 꾸짖을 것이다. 아버지의 꾸지람은 무섭지 않다. 환갑이 된 아버지를 봉양하지도 못하는 처지에 공부가 다 뭐람. 연록은 안다. 요양을 핑계삼지만, 아버지가 떠도는 것은 자신 때문인 것을. 아버지의 고통과 병환을 보면 마음잡지 못할까 걱정한다는 것을.

하지만 연록은 아버지의 곁에 있고 싶었다. 아버지한테 그림을 배우고 싶었다.

어른들은 연록의 마음을 헤아려 주지 않았다. 훈장님은 글공부에나 전념하라고 했다. 아버지도 틈만 나면 공부를 열심히 하겠다는 다짐을 하라고 했다. 그것이 아버지를 위한 최선의 일이라고.

'왜 아버지는 자신이 가장 좋아하는 일을 나에겐 하지 말라고 할까?'

연록은 그림을 못 그리게 하는 아버지를 도저히 이해할 수 없었다.

연록은 서가로 다가갔다.

'집을 떠나실 때도 크게 앓으셨는데 지금은 괜찮으신지……'

아버지의 그림을 정리해서 가져다 주고 싶었다. 미처 완성하지 못한 그림들을 본다면 아버지가 기운을 차릴지도 모른다.

먼지가 켜켜이 쌓인 서가의 한쪽에서 붉은 보자기로 묶인 짐이 나왔다. 지난 가을에 아버지가 자비대령화원을 그만두며 정리한 물품일 것이다.

연록은 보자기를 풀었다. 보아서는 안 될 아버지의 비밀을

홈쳐보는 것 같아 죄스러웠지만, 도화서 화원이었던 아버지의 흔적을 보고 싶었다.

보자기 안에는 책들과 아버지의 손때가 묻은 그림 도구들이 있었고, 맨 위에 손바닥만 한 상자가 있었다. 연록은 상자의 뚜껑을 열었다. 순간, 연록은 울컥 눈시울을 붉히며 주저앉았다.

其人姓金氏名弘道字士能號丹邱古加耶縣人也

(기인성김씨명홍도자사능호단구고가야현인야)

'이 사람은 성은 김씨요, 이름은 홍도, 자는 사능이고, 호는 단구이며 옛 가야현 사람입니다.' 라고 새겨진, 작은 벼루만 한 아버지의 도장이 있었다. 임금에게 바치는 그림 중에서도 대작에만 낙관을 찍었던 조선에서 가장 큰 도장!

그 도장은 바짝 말라 있었다. 말라버린 도장이 왜 이리 가슴을 저미는지……. 연록은 벽에 쪼그리고 기댔다. 맥이 풀렸다.

'아버지는 왜 나에게 공부를 하라는 걸까?'

정조 임금이 갑자기 승하한 뒤, 아버지를 후원해 주던 거상 김한태 어른이나 많은 양반들이 몰락하자 아버지는 힘들어졌다. 젊은 화원들과 겨루며 생전 본 적 없던 그림 시험을 봐야 했고, 그나마 지난 가을부터는 건강까지 나빠졌다.

아버지의 몰락은 양반이 아닌 중인에게는 그림이 아무런 힘이 못 된다는 것을 알게 해 주었다. 임금을 그리는 어진화사를 세 번씩이나 하고 한 고을의 현감까지 지냈어도 아버지는 저렇게 떠돌지 않는가. 양반만이 자유롭게 살 수 있는 철저한 신분 사회에서 그림이나 예술가는 너무 초라할 뿐이었다.

그래도 연록은 그림이 좋았다. 아버지는 최고의 화가이고, 아버지의 그림은 영원히 사라지지 않을 것이라고 굳게 믿었다. 연록은 아버지만큼은 아니더라도 좋은 그림을 그리고 싶었다. 하지만 그림을 그릴 수 없었다. 집안은 궁핍해졌고, 아버지의 병은 깊어갔다. 어른들은 열심히 공부해 역관이 되기를 원하지만 그게 어디 쉬운가.

열망을 짓누르는 방해물이 많을수록 솟구치는 열망은 더 커질지 모른다. 아버지에게 배운다면 이 답답한 마음이 좀 홀가분해질 텐데. 잘못된 그림을 고쳐 나갈 수 있을 텐데…….

'그래. 아버지에게 가는 거야. 더 늦기 전에……. 곁에서 보살펴 드리며 그림을 배우겠어. 누가 뭐래도 나는 가겠어!'

연록은 주섬주섬 짐을 챙겼다.

바람에 흔들리는 가을 달

서묵재는 아버지의 동료 화원인 박유성의 집이다.

아버지는 지난 봄 내내 그 곳에 머물렀고, 동갑내기 친구인 이인문과 함께 〈송하담소도(松下談笑圖)〉를 그리기도 했다.

서묵재로 가는 길은 힘겨웠다. 며칠 전에 내린 폭설이 햇볕에 녹아 질퍽거렸고, 응달진 길은 땅까지 얼어 무척 미끄러웠다. 미끄러지고 자빠지기를 여러 번, 코끝은 떨어져 나갈 듯 시렸고 귓불은 화끈거렸다.

저녁 해가 어느새 산꼭대기에 걸렸다. 매운 바람이 어둠을 몰고 왔다. 더 이상 못 걷겠다 싶어 차오는 숨을 내쉴 때, 숲에 에워싸인 서묵재가 보였다.

연록은 발걸음을 재게 놀렸다. 한나절을 걸어서 몸은 후끈거렸지만 옷 속을 후비고 들어오는 한기에 진저리가 쳐졌다.

서묵재로 들어서는 길 양옆으로 눈꽃을 인 나무들이 손님을 맞이하듯 공손히 줄지어 서 있었다. 눈에 반사된 달빛이 어둠이 내린 숲길을 하얗게 밝혀 주었다. 연록은 천천히 하얀 눈을 밟으며 걸어갔다.

반쯤 열려 있는 대문으로 들어서자, 불을 밝힌 정자가 보였다. 집 안의 훈기일까. 살갗을 톡 쏘던 맵싸한 바람은 수그러들고 부드러운 바람이 연록의 몸을 휘감았다. 추위가 한결 가셨다. 둥그런 창문이 열려 있는 방 안에는 등잔불이 호롱호롱 빛나고 있었다.

연록은 빛 속으로 빨려들어가듯 다가섰다. 방에는 한 쪽 벽을 꽉 채울 만큼 큰 그림이 있었다.

스르르ㅡ, 스르륵 철썩!

어디선가 들려오는 파도소리에 그림 속의 동자가 뒤돌아보았다.

동자와 연록의 눈이 딱 마주쳤다.

스르르ㅡ, 스르륵 철썩!

스산스레 낙엽이 뒹굴고 나뭇가지가 서걱거렸다. 보름달이 떠오르며 사방이 금세 훤해졌다. 집 앞에는 정갈하게 꾸며진 뜰이 있고, 키 큰 나무 몇 그루는 달빛을 받아 그림자를 어룽어룽 내려뜨렸다. 울퉁불퉁 솟아 있는 기묘한 바위 곁에 학 두 마리가 한가로이 거닐고 있었다.

"밖에서 들리는 게 무슨 소리냐? 비바람이 몰아치는 게냐?"

방 안에서 시를 읊던 선비가 물었다.

"아닙니다. 하늘에는 별이 빛나고 있는걸요. 나뭇잎들이 서로 부딪쳐 파도소리를 내고 있습니다."

사방관을 쓴 선비가 왠지 낯설지 않아 연록은 공손히 대답했다.

"아, 가을바람 소리구나! 푸르렀던 나무도 시들고, 차올랐던 보름달도 이제는 기울 때가 되었구나."

선비는 달을 우러러보았다. 연록도 멍하니 가을바람에 나부 끼는 정원을 바라보았다.

쩌륵쩌륵! 사방에서 풀벌레가 어지럽게 울어댔다.

"거기 있는 게, 녹이 아니냐?"

연록은 놀라 뒤를 돌아봤다.

방금 전까지 있던 선비는 보이지 않고, 아버지가 방에서 나 왔다.

아버지 뒤로 칠 척은 족히 될 만한 그림이 있었다. 그 그림 속에 시를 읊던 선비가 있었다. 선비는 둥그런 창문을 열고 뜰 을 내다보며 동자와 이야기를 주고받고 있었다.

"아비가 얼마 전에 그렸단다. 중국 송나라 시인 구양수의 시 「추성부(秋聲賦)」를 그린 거야. 추성부란 '가을바람 소리에 부치는 글'이라는 뜻이지. 우리 녹이 마음에 드느냐?"

"예. 몸도 편찮으시면서 이렇게 큰 그림을 그리셨어요?"

연록은 넋이 나간 듯 그림을 바라보았다. 아픈 아버지가 그 렸다는 게 믿어지지 않았다.

사람들은 말했다. 이제 김홍도의 시대는 끝이 났다고. 늙고 병든 김홍도는 더 이상 그림을 그릴 수 없다고. 이런 소문이 떠돌자, 아버지의 그림은 더 이상 팔리지 않았다.

아버지는 사람들의 입에 오르내리는 것에 아랑곳없이 요양을 떠났다. 연록은 당당하게 맞서지 않는 아버지가 야속했다. 더구나 자신을 데려가지 않는 것이 원망스럽기만 했다.

"하루하루 입에 풀칠하기도 힘들대! 쯧쯧, 어린것이 안 됐어."

아버지가 떠나자 사람들은 연록을 보며 수군거렸다.

그럴 때면 연록은 미칠 듯이 화가 치밀었다. 아버지에게도, 수군거리는 세상 사람들에게도, 아무것도 하지 못하는 자신에게도.

'아버지가 다시 대작을 그렸어!'

연록의 가슴이 뻐근해졌다.

"좋은 그림이 또 하나 태어났지?"

김동지 어른이 다가와 다정스레 연록의 어깨에 손을 얹었다.

병든 아버지를 살뜰하게 도와 주시는 분. 연록은 김동지 어른이 항상 고마웠다.

연록이 늦은 저녁을 허겁지겁 먹자, 아버지가 손수 이불을 펴 주었다. 오랜만에 아버지와 함께하는 잠자리였다. 아주 어렸을 때를 빼곤 아버지와 이렇게 한 방에서 잔 적이 없었다. 연록은 아버지에게 솜이불을 덮어 드리고 옆자리에 누웠다.

"다 컸구나."

아버지가 흐뭇하게 바라보았다.

"열세 살이니, 관례를 치르려면 아직도 두 해나 남았는걸요. 그러니……."

연록은 빌었다. 어른이 될 때까지 아버지가 지켜 봐 달라고. 아버지도 알았을까.

"우리 녹이 장가가는 걸 봐야지, 암!"

아버지의 목소리가 가라앉은 방 안을 울렸다. 아버지도 애써 마음을 가다듬는 모양이다.

연록은 짐짓 장난스레 아버지의 품으로 파고들었다.

"아버지, 아버지는 열세 살 때 어떻게 지내셨어요? 신동이라고 세상이 떠들썩했다면서요?"

"어허, 까마득한 시절이구나."

아버지가 연록의 얼굴을 쓰다듬었다.

"녹아, 앞날은 깜깜하고 바윗덩이가 가슴을 짓누르는 것처럼 힘든 때가 있단다."

"……."

연록은 마음을 들킨 듯해 잠자코 있었다. 아버지는 천재니까 그런 막막하고 답답한 기분을 모를 것 같았다.

"녹아, 조급해하지 마라. 아무 염려도 하지 말고."

아버지가 다시 부드러운 눈길로 보듬듯이 바라보았다.

"아버지, 저 그림은 어떻게 하실 거예요?"

연록은 벽에 걸린 〈추성부도〉를 가리켰다.

"박 화원이 알아서 잘 처리할 게다. 큰 그림이라서 어디 마음 놓고 맡길 데가 있어야지."

연록은 가슴이 찌릿했다. 아버지의 말은 거짓이다. 아버지는 박유성 어른에게 그림을 맡기려는 게 아니다.

아버지와 함께 온 김동지 어른은 말했다.

"닷새 동안 미음도 떠넘기지 못하고 앓으셨단다. 큰일 나는구나 싶었지. 그런데 동짓날이 사흘 지난 뒤였어. 너의 부친이 언제 앓았냐는 듯이 자리를 털고 일어나더구나. 아, 그러더니 '김동지! 가을 달이 바람에 흔들리는구려. 지필묵을 마련해 주겠소?' 하는 게야. 그러곤 물 한 사발을 달게 마시고는 그림을 그리기 시작했지. 온몸이 흠뻑 젖도록 땀을 쏟으며 몇 시간 동안 꼼짝 않고 화선지를 채우셨단다. 어찌나 붓놀림이 빠르고 가뿐한지 신선이 따로 없더라."

그림을 다 그린 아버지는 다시 쓰러져 꼬박 이틀간 잠을 잤다고 했다. 그러고는 일어나서 그림을 말아 부랴부랴 서묵재로 왔다는 것이다. 여행은 무리라는 김동지 어른의 말을 듣지 않아, 김동지 어른은 행장도 제대로 챙기지 못하고 급히 뒤따라왔다는 것이다.

"네 월사금을 마련해 온 거란다. 가을 달이 바람에 흔들리다니……. 〈추성부도〉가 마지막 작품일 듯싶구나."

김동지 어른은 나직이 말했다.

연록은 아버지의 곁으로 바싹 다가갔다.

"아버지, 제가 모실게요!"

"너는 아비 걱정 말고 공부에나 힘써라."

아버지가 연록의 등을 토닥였다. 연록은 핏줄이 툭툭 튀어나온 아버지의 손을 쥐었다.

'아버지, 그림을 팔지 마세요.'

눈물이 주르르 흘렀다.

화선지에 쌓인 선홍빛 붓

새벽녘이었다. 설핏 잠이 깬 연록은 호롱불이 흔들리는 것을 느꼈다.

'아버지가 그림을 그리시는구나. 피곤하실 텐데 주무시지…….'

눈꺼풀이 무거웠다. 아버지, 그만 주무세요! 분명히 또박또박 말을 했으나, 입술만 달싹거릴 뿐 연록은 다시 잠 속으로 빠저 들었다.

얼마쯤 지났을까. 가슴이 찢어지는 듯한 신음 소리에 연록은 벌떡 일어났다.

"아버지, 왜 그러세요?"

아버지가 기침을 하고 있었다. 방바닥에 수그린 아버지의 상체가 심하게 들썩였다. 가슴 밑바닥에서부터 고통을 뽑아내는 것 같았다.

연록이 아버지를 일으키려고 하자, 아버지가 손사래를 쳤다.

"괜찮다, 걱정하……지 마. 쿨룩, 크으윽!"

아버지의 눈에서 진물 같은 눈물이 흘렀다. 초췌한 얼굴은 화선지보다 하얗게 질려 있었다. 아버지는 다시 가슴을 쥐어뜯으며 기침을 토해 냈다.

"욱."

짓뭉개진 화선지 위로 붉은 피가 쏟아졌다.

"아버지!"

연록은 아버지를 감싸안았다.

'아버지 가시면 안 돼요, 아버지! 정신 차리세요. 저를 두고 가시면 어떻게……. 이대로 아버지를 보낼 순 없어.'

수많은 생각들이 두려움과 함께 몰려왔다. 연록은 아버지를 더욱 세게 끌어안았다. 조금이라도 손을 풀면 아버지가 그 사이로 빠져나갈 것 같아 으스러지게 안고 얼굴을 비볐다.

가슴 밑바닥에 고였던 고통까지 다 끌어냈기 때문일까. 기침을 멈춘 아버지는 한동안 기운 빠진 아이처럼 연록의 품에 안겨 있었다.

"아버지, 괜찮으세요?"

연록은 흐느끼기 시작했다. 아버지가 돌아가실까 봐 무서웠고, 아버지의 극심한 고통을 덜어 주지 못해 안타까운 마음이 봇물처럼 쏟아졌다.

"울지 마라."

아버지가 차고 마른 손으로 연록의 눈물을 닦아 주었다.

연록은 아버지를 누인 뒤, 방 안에 어지러이 널린 그림 도구들을 치웠다.

아버지는 연록을 바라보았다. 마치 머리끝부터 발끝까지 한 구석도 놓치지 않고 마음에 담는 듯했다. 아니, 할 수 있다면, 연록을 송두리째 자신의 눈 안에 담고 싶은 듯한 눈길이었다. 연록이 피 묻은 화선지 속에서 붓 한 자루를 꺼낼 때였다.

"연록아, 그 붓을 가져오렴."

붓을 쥔 아버지의 손이 가늘게 떨렸다. 한참 동안 말없이 아버지는 붓을 쓰다듬었다.

그 붓은 아버지의 인생처럼 뭉툭하게 닳아 있었다. 수많은 세월 동안 아버지의 그림에 몸을 던졌을 붓. 붓이 지나는 길은 아버지의 마음이고, 아버지가 가고자 하는 길이었을 것이다. 아버지가 피 묻은 화선지를 잘라 내고 깨끗한 쪽으로 붓을 쌌다.

"아비가 우리 녹이에게 주는 선물이다."

아버지가 붓을 내밀었다.

"싫어요!"

연록은 세차게 고개를 저었다. 어떻게 아버지의 인생을 받을 수 있을까? 아버지가 가야 할 길은 아직도 많이 남았는데, 도저히 그럴 수 없다.

"아비의 마음이야. 어서 받아라."

붓을 든 연록의 손이 떨렸다. 눈가가 축축해지고 방 안이 흐늘거렸다. 호롱불이 흔들리기 때문일까. 아버지의 얼굴이 어룽거리고, 화선지에 싸인 뭉툭한 붓이 선홍빛으로 물들어 갔다. 아버지의 평생과 열정과 예술혼이 강렬한 선홍빛 사랑으로 전해져 왔다. 연록은 아버지의 품으로 뛰어들었다. 한동안 이어지는 부자간의 흐느낌에 겨울 문풍지가 파르르 떨었다.

다음 날 아침 일찍 아버지는 행장을 꾸렸다. 연록의 얼굴을 봤으니 이젠 됐다며, 붙잡는 사람들을 뿌리쳤다.

연록은 할 말이 없었다. 아버지를 따라가겠다고 감히 나설 수 없었다.

'언제 다시 뵐 수 있을까? 혹여 이번이 마지막은 아닐지…….'

가슴이 울렁거렸다. 하지만 연록은 부정한 생각을 떨치고 정성껏 절을 올렸다.

"아버지, 건강하세요."

"오냐!"

아버지는 병든 노인답지 않게 꼿꼿한 걸음으로 산길을 올라갔다. 그러고는 이내 숲 속으로 사라졌다.

아버지의 편지

날은 더욱 추워졌고, 새해가 다가오고 있었다.

아버지의 소식은 아버지의 친구들을 통해 간간이 들었다. 사람들은 더 이상 아버지에 대해 이러쿵저러쿵 떠들지 않았다. 연록은 그게 좋았다. 천재 화가인 아버지가 사람들에게 잊히는 것은 슬프고 괴로웠지만, 오히려 그 편이 아버지에게는 편할 것 같았다.

'아버지가 설을 쇠러 오실지 몰라.'

연록은 서당에서 돌아올 때마다 산등성이에 서 있곤 했다. 아버지가 경중경중 산을 넘어올 듯해 가슴이 설렜다.

함박눈이 함박꽃처럼 소담스럽게 내리는 날, 연록이 여느 때처럼 서당을 파하고 산등성이에 서 있을 때였다. 눈꽃을 맞으며 김동지 어른이 걸어왔다.

아들 녹이 보아라.

날씨가 차가운데 집안 모두 편안하며 너는 열심히 공부하고 있느냐? 내 병의 상태는 네 어머니에게 보낸 편지에 자세하게 말했으므로 다시 말하지 않겠다. 그리고 김동지가 이야기했으리라 생각한다. 너의 훈장님께 월사금을 보내 드리지 못해 죄송하구나. 정신이 어지러워 더 쓰지 않겠다.

을년(乙年) 섣달 열아흐레. 아버지가 쓴다.

연록은 아버지의 방에서 편지를 읽고 또 읽었다.

아버지의 병환이 깊은 모양이다. 명절인데도 집에 오지 못할 정도로, 어지러워 붓 잡을 힘이 없을 정도로 쇠약한 모양이다. 그런데 월사금 걱정이라니! 연록은 아버지에게 짐만 되는 자신이 견딜 수 없이 싫었다.

'무엇을 할까, 무엇을 할 수 있을까? 아버지를 위해 무언가 할 만한 것이 있다면 좋겠다.'

그러나 연록이 할 수 있는 것은 아무것도 없었다. 그저 아버지를 그리워하는 게 전부일 뿐······.

"저, 이것 좀 보시지요. 이제껏 그린 그림을 정리해 온 것입니다."

김동지 어른이 머뭇거리며 어머니에게 보따리를 내밀었다.

"녹아, 그만 울고 풀어 보렴."

어머니가 눈물과 콧물로 범벅된 연록에게 보따리를 건넸다.

보따리를 받은 연록의 가슴이 고동쳤다. 보따리를 안으니, 아버지의 묵향이 퍼져 나와 가슴이 따스해졌다. 지난번에 아버지의 품에 안겼을 때처럼 푸근해졌다.

연록은 그림을 꺼냈다. 아버지의 낯익은 붓놀림과 글씨가 눈에 들어왔다. 아버지를 보는 것처럼 정겨워 연록은 그림을 쓰다듬었다. 그러다 한곳에 눈을 멈추었다.

"단노(檀老)."

아버지의 호가 바뀌어 있었다.

아버지의 호는 단원(檀園)이다. 단원은 '박달나무가 있는 뜰'이란 뜻으로, 원래 명나라의 문인화가인 단원 이유방의 호였다. 아버지는 이유방의 고상한 인품을 존경하여 호를 그대로 따온 것이다. 그러다가 아버지는 요사이 단구(丹丘)라는 호를 즐겨 썼다. '신선이 머물러 밤낮으로 늘 맑은 곳'이란 뜻으로, 세상사에 흔들리고 싶지 않은 마음을 담아 낸 것이었다. 그런데 단오, 박달나무 아래 늙은이라니! 조선 최고의 화가가 한갓 늙은이라니!

"왜 호를 바꾸셨나요, 왜요?"

연록은 울먹였다.

"아버지는 아주 편안해하신다. 평생 그림을 좋아해서 그렸을 뿐이니까. 임금님의 사랑을 받을 때도, 연풍의 현감으로 계실 때도, 출세나 사람들의 인기에 연연해하지 않았어. 오히려 사람들의 관심을 훌훌 털어내 아주 홀가분해 하신다. 단지……."

"단지 무언데요?"

"이 그림들을 헐값에 내놓으셨단다."

"……."

어머니와 연록은 말을 잇지 못했다. 모든 것이 훤히 보였다. 월사금, 먹고 살아야 할 끼니. 아버지는 그것 때문에 그림을 그리는 것이다.

"〈추성부도〉가 이번에 팔릴 모양이다. 시전 상인들이 이 작품들과 함께 싼 값에 사들여서 지체 높은 양반이나 사신들에게 비싸게 팔겠지. 후유, 장사꾼들은 이런 기회를 노리느라 네 아버지의 작품을 외면하고 있었단다……."

어머니가 옷고름으로 눈물을 찍으며 밖으로 나갔다.

"안 돼요. 그렇게는 못 해요!"

연록은 보자기를 둘둘 말았다. 아버지의 작품을 그렇게 팔 수는 없다. 헐값에 장사치들의 손에 넘길 수는 없다. 연록은 곧 바로 뛰쳐나왔다. 김동지 어른이 뒤쫓아 오고 어머니가 애타게 불렀다. 하지만 연록은 뒤돌아보지 않고 서묵재로 달렸다.

눈꽃 내리는 날

서묵재에는 〈추성부도〉를 보러 온 사람들로 가득했다.

그림을 판다는 소문을 듣고 양반들과 화원들과 그림 장수들이 모여 있었다.

"연록아, 네가 웬 일이냐?"

서묵재에 들어서자, 주인인 박유성 어른이 깜짝 놀라며 일어났다.

연록은 어른들께 정중히 인사하고, 그들의 얼굴을 보며 당차게 말했다.

"저희 아버지 그림을 팔지 않겠습니다!"

"아니, 그게 무슨 말이냐?"

사람들이 술렁거렸다.

연록은 성큼성큼 벽으로 다가가 〈추성부도〉를 떼었다.

"이게 무슨 짓이야! 너희 아버지와 벌써 이야기가 다 끝났어."

그림 장수 하나가 연록의 팔을 붙잡았다.

"절대로 안 팔아요. 우리 아버지, 김홍도의 작품은 돈 몇 푼에 사고팔 그림이 아니에요. 수많은 사람들이 보고 즐겨야 할 그림이라고요. 우리 아버지는 그런 마음으로 그림을 그렸다고요, 알아요?"

연록은 그를 쏘아보았다. 분하고 화가 치밀었다. 다른 사람의 불행을 틈타 자신들의 잇속만 챙기려는 어른들이 미웠다. 마음 속으로는 '헐값에 그림을 사려는 도둑 심보'라고 소리치고 있었다. 연록의 마음을 헤아렸는지 박유성 어른이 그림을 말아 주며 말했다.

"이 애를 놔 두게나."

그림 장수가 연록의 팔을 놓았다. 그러고는 아쉬운 듯 입맛을 쩍쩍 다시며 멀어져 가는 그림만 바라보았다.

대문 밖에 김동지 어른이 서 있었다.

연록은 후들거리는 몸으로 무릎을 꿇었다.

"어르신! 저 좀 데려가 주세요, 네? 아버지 곁으로, 제발 저를 데려가 주세요!"

연록은 김동지 어른의 발목을 잡았다.

"네 아버지는 힘겹게 지내고 계시단다. 병든 몸을 이끌고 좋은 그림을 그리려고 얼마나 애쓰시는지 아니? 그 모습을 차마 너에게 보이고 싶지 않은 게야, 너희 아버지는……."

"저도 다 컸어요. 병든 몸으로 그림 그리는 아버지를 이제는 제가 돌봐 드려야지요."

"너희 어머니는? 혼자 계시게 할 순 없잖니?"

"……."

연록은 물끄러미 땅만 바라보았다. 어머니는 평생 아버지를 뒷바라지하느라 온갖 고생을 다하셨다. 그런 어머니를 생각하니 가슴이 메었다.

"제 걱정은 마시고, 녹이를 데려가 주십시오!"

어머니였다. 어머니도 아버지의 그림이 걱정되어, 또 연록이 걱정되어, 수십 리를 뒤쫓아 온 것이다. 어머니의 품에는 보따리와 화구가 들려 있었다.

"항상 아버지 곁에 있어야 한다! 아버지처럼 훌륭한 그림을 그려야 해."

어머니의 목소리는 싸리 회초리처럼 매서웠다.

"예, 어머니! 아버지처럼 훌륭한 화원이 되겠습니다."

연록이 김동지 어른과 돌아설 때였다.

"연록아!"

어머니가 품에서 무언가를 꺼냈다.

지난번 아버지가 준 붓이었다. 아버지가 평생 동안 썼던 뭉툭한 붓! 연록은 붓을 꼭 쥐었다. 그러고는 어머니를 뒤로 하고 겨울 산길을 걷기 시작했다.

"화가로 살아가는 일이 얼마나 힘겨운지 아느냐?"

아버지는 연록을 보자마자 화를 벌컥 냈다. 핏기라고는 하나도 없고, 마른 나뭇가지처럼 여위었지만 아버지의 목소리는 카랑카랑했다.

"알아요, 아버지! 임금님을 위해 전국을 돌아다니고 타국에 가서 그 나라의 문물도 그려 와야 하지요. 몇 달 동안 금강산을 헤매며 그림을 그리다 조정에 바친 것도 알고, 김응환 어른은 아버지와 대마도에 가다가 돌아가신 것도 알아요. 하지만 아버지, 그렇게 고생스러워도 아버지는 그림 그리는 일을 즐거워하시잖아요. 저도 그렇게 그림을 그리고 싶어요."

연록은 아버지 앞에 자신의 그림을 펼쳐 놓았다. 솜씨는 형편없지만, 그림을 그리며 느꼈던 기쁨과 슬픔이 고스란히 담긴 작품들이었다.

아버지는 한참 동안 그림들을 바라보았다.

"연록아……. 그래, 네가 내 마지막 제자가 되렴."

아버지가 젖은 목소리로 천천히 말했다.

"아버지!"

연록은 아버지의 품에 안겼다.

며칠 뒤, 하얀 함박눈이 하롱하롱 흩날렸다.

"연록아, 우리 겨울 산 구경 가자!"

아버지가 화선지를 챙겼다. 아버지는 소풍 가는 아이처럼 들떠 있었고, 얼굴에는 화색이 돌았다. 연록도 그림 도구를 꺼내 가지런히 챙겼다.

"이 추위에 어디를 가려는 게요?"

김동지 어른이 버선발로 나오며 말했다.

눈꽃 내리는 날, 아버지와 아들은 손을 꼭 잡고 화선지 같은 산길로 접어들었다.

인간 김홍도를 만나다

김홍도를 소재로 하여 글을 쓰겠다고 생각한 것은 5년 전이었다.

'작가가 될 수 있을까? 작가가 될 자격이 있을까?'

지독한 열병을 앓을 때, 구원처럼 김홍도가 다가왔다.

신기했다. 낯익은 풍속화 속 인물들은 꼼틀꼼틀 살아나 나에게 말을 걸었다. 그들과의 이야기는 즐거웠고, 나는 그 이야기들을 중편 「김홍도, 무동을 그리다」로 풀어 내었다.

하지만 기쁨은 이내 질투로 변했다. 김홍도와 그의 그림으로 연작을 기획했어도 글을 쓸 수 없었다. 김홍도를 알수록 김홍도의 그림에 빠져들수록 나는 점점 쪼그라들었다.

도대체 김홍도의 힘은 무엇일까? 김홍도의 재능은 어디에서 왔을까?

보는 것만으로도 이야기가 술술 피어나는 풍속화, 고고한 선비 정신을 드러내는 사군자, 어흥! 금방이라도 달려들 듯한 표범이나 호랑이 등의 영모화, 봄빛이 완연한 들판을 재재거리며 날아다니는 새와 꽃을 그린 화조도, 안 가고도 다 구경한 듯한 금강산도, 마음을 정화시키는 맑고 순수한 불화, 도석인물화, 군선도, 게다가 능행도와 임금의 어진까지…….

어떤 분야에도 모자람이 없는 김홍도의 작품 세계를 보면서 부러움과 시기로 몸살을 앓았다. 얼마만큼 노력했을까? 어디까지 연마해야 이런 경지에 도달할 수 있을까? 아냐, 이건 노력만으론 안 돼. 암, 천재이니까 완벽한 거야.

질투의 힘은 강해서, 나는 김홍도를 흠집 내고 싶었다. 제가 잘못하고도 엄마에게 투정부리는 아이처럼 김홍도의 부족함을 들추어 위안 받고 싶었다.

그렇게 세월이 흘렀다. 김홍도의 그림과 자료들에서 흠잡을 거리를 찾으며, 글로 풀어 내지 못하여 끙끙거리며, 다시는 안 볼 것처럼 싸우고 그 다음날 비척비척 친구를 찾아가는 아이처럼 김홍도와 만났다 헤어지기를 반복했다.

이제야 겨우 마침표를 찍는다. 후련하고도 아쉽다. 김홍도에게 괜한 트집을 잡으려고 했으나, 결과는 그를 건드릴 수 없었다. 나에게 인간 김홍도와 그의 작품 세계는 무척 컸다.

그를 통해 배운 게 있다면 세상살이의 이치는 참으로 단순하고, 모든 일을 하는 데 있어서 그 과정은 비슷하다는 것이다. 지극한 정성을 쏟은 뒤에야 열매를 얻는다는 것. 김홍도도 천재적인 재능을 타고났지만, 수없이 연마했기에 시대를 뛰어넘는 화원이 된 것이다.

『김홍도, 조선을 그리다』에 나오는 김홍도는 바른 삶과 예술 정신에 대해 고민하는 사람이다. 때로는 이 작품집처럼 일관성 없고 모순덩어리이기도 하다. 나는 그가 그렇게 살았으리라고 생각한다. 우리네처럼 평범한 사람으로.

하지만 고뇌에 빠져 허우적거림으로 끝나지 않고 작품으로 승화시켰으니 더욱 위대한 게 아닐까?

부디 김홍도의 작품 세계에 내 글이 누가 되지 않았으면 싶다. 또한 독자 여러분이 내 상상력에 갇혀 김홍도를 협소하게 보지 않기를 바란다. 좀더 넓은 안목으로 김홍도와 그의 작품을 맛보았으면 좋겠다.

이 작품은 내 삶이 그러하듯 많은 분들의 은혜로 태어났다. 부족한 제자를 이끌어주시는 스승님들, 가족 그리고 김홍도를 완결 짓도록 다시 기회를 준 신형건 사장님께 감사드린다. 또 느린 원고를 무던히 기다려 준 푸른책들 편집팀에도 고마움을 전한다.

김홍도와의 멋진 만남을 끝맺으며……

2009년 봄을 보내며
박지숙

246

박 지 숙

1966년 충남 태안에서 태어났으며, 재능대학에서 문예창작을 공부했다. 2003년 중편 「김홍도, 무동을 그리다」로 제1회 '푸른문학상' 〈새로운 작가상〉을 수상하며 작품 활동을 시작했다. 이렇게 시작된 김홍도와의 인연으로 작가는 오랜 시간 동안 그의 삶과 그림을 탐색했으며, 그 결과 첫 소설집 「김홍도, 조선을 그리다」를 마침내 세상에 내놓게 되었다. 「김홍도, 조선을 그리다」는 김홍도의 그림을 통해 그의 삶을 다룬 연작으로 단지 조선 최고의 화원이었음을 추앙하는 평전 차원에 그치지 않고, 작가 특유의 상상력과 깊이 있는 통찰력으로 '인간 김홍도'의 삶을 생생하게 되살려 내어 현재를 살아가는 우리에게 시대를 뛰어넘는 감동을 선사하는 본격 역사소설이다. 지은 책으로 논픽션 「내 짝이 되어 줄래?」, 「빈센트 반 고흐」, 「르누아르의 세계로」 등이 있다.

푸른도서관은 10대에서 20대까지 눈부신 성장을 거듭하는 푸른 세대를 위한 본격 문학 시리즈입니다.

＊〈푸른도서관〉 시리즈는 계속 나옵니다!